LARA
& JAN

Über das Buch

Als Lara eines Abends wie aus dem Nichts an Jans Tür in Stockholm klopft, ist aus dem Mädchen von einst eine bezaubernde Frau geworden. Doch es gibt gute Gründe, sich nicht in Lara zu verlieben, denn sie ist nicht nur zwanzig Jahre jünger, sondern auch noch die Tochter seiner Ex. Und dann ist da ein dritter Grund, der sich wie eine düstere Wolke über Laras Besuch und zwischen sie und Jan schiebt...

Während sich Lara ihrer Gefühle für Jan mit jedem Tag sicherer wird, wird Jan hineingezogen in das Drama von drei Frauen, die sich lieben und trotzdem aneinander zu zerbrechen drohen.

Über die Autorin

Karen Nieberg hat in Deutschland, Norwegen und Schweden gelebt und ist die Verfasserin mehrerer erfolgreicher, preisgekrönter Romane. Obwohl in verschiedenen Genres zuhause, greifen all ihre Romane Themen von Konflikt und Liebe in Familien auf.

Karen Nieberg ist ein Pseudonym von Birgit Jaeckel, unter dem die Autorin ihre Skandinavien-Romane veröffentlicht, so den Krimi „Ins Eis".

KAREN NIEBERG

LARA & JAN

ROMAN

Bibliografische Information der Deutschen Nationalbibliothek:
Die Deutsche Nationalbibliothek verzeichnet diese Publikation in der
Deutschen Nationalbibliografie; detaillierte bibliografische Daten sind
im Internet über dnb.dnb.de abrufbar.

Buchcoverdesign: Sarah Buhr – unter Verwendung von Bildmaterial von
Jne Valokuvaus/shutterstock
Buch-Innengestaltung: buchseitendesign by ira wundram,
www.buchseiten-design.de
Herstellung und Verlag: BoD – Books on Demand, Norderstedt
ISBN: 978-3-7504-1656-7

1

Verhaltenes Klopfen an der Wohnungstür riss Jan aus der Betrachtung des hochgeschlossenen Kostüms der Nachrichtensprecherin. Er stellte den Fernseher auf lautlos, schleuderte die Fernbedienung zwischen die Sofakissen und angelte nach seinen Socken unter dem Tisch. Im Fernseher wechselte das Bild vom Amerikakorrespondenten zurück zur Moderatorin. Jan glaubte, unter dem ungewöhnlich hohen Kragen einen Striemen zu erkennen. Wenn er sich nicht irrte, zog sie die eine Schulter einen Hauchbreit höher als die andere. Der Anblick bereitete Jan vages Unbehagen. Nachrichtensprecherinnen schienen stets makellos.

Das Klopfen an der Tür wiederholte sich. Die universellen drei Mal. Lauter.

Auf dem Weg zur Tür verfingen sich Jans Zehen in den Riemen seiner Notebook-Tasche und rissen diese um. Der dumpfe Knall erinnerte ihn daran, dass er sich seit zwei Jahren einen Teppich für den Flur kaufen wollte. Der Besucher hatte mittlerweile die Klingel entdeckt. Ein heller Glockenschlag hallte durch den Gang und endete abrupt. Jan öffnete die Tür.

»Hejsan, Jan!« Gesungen im Klang von vertrauten Reimen wie Bauklötze, aus denen sich Kinder ihre Welt erbauten. Das Lächeln eines Tieres, das nicht wusste, ob es willkommen war, blitzte Jan entgegen.

Dieser war so perplex, dass er gar nicht erst auf die Idee kam, die Begrüßung zu erwidern.

Das Mädchen auf der anderen Seite der orange gestrichenen Schwelle verwandelte sich in eine ältere Version seiner selbst, hörte auf, nervös von einem Fuß auf den anderen zu treten und alte Begrüßungsformeln zu singen. Sie hob die Lider, um Jans Blick zu begegnen. Ihre Stimme klang kehliger, erwachsener, als er sie in Erinnerung hatte. »Erkennst du mich noch?«

Sie trug einen Trekkingrucksack und drückte einen kleineren gegen die Brust, welcher ebenfalls schwer wiegen musste, denn ihre Arme bebten unter der Anspannung. Jans Gast, jedenfalls, hätte sofort alles auf physische Anstrengung geschoben, hätte er sie gefragt. Zumal Nervosität Jan gegenüber etwas Neues, Unbekanntes war, und sie sich nur allzu gerne hinter der Schwere des Gepäcks versteckte.

Jan blinzelte, als wäre er gerade aufgewacht.

»Mein Gott, Kleines, wo kommst du denn her?« Er unterbrach sich. Die Anrede, die wie selbstverständlich auf seine Zunge hüpfte, schien es nicht zu treffen, nach sechs – oder waren es sieben? – Jahren, in denen sich Gesichtszüge aus der Teenager-Weichheit herausgeschält, Körper und Ausstrahlung an Fraulichkeit und Substanz gewonnen hatten.

»Lara«, verbesserte er sich, »Lara, meine Güte! Wie bist du ins Haus gekommen?«

»Die Haustür stand offen. Zum Glück, sonst stünde ich immer noch davor. Die Schweden und ihre Türcodes mit den Klingeln auf der Innenseite, einfach idiotisch! Außerdem war dein Handy ausgeschaltet. Jedenfalls wollte ich dich eigentlich nicht so überfallen. Tut mir leid.« Sie verstummte. Jan starrte sie immer noch an. »Komme ich ungelegen?«

»Was? Nein, absolut nicht. Komm rein!« Begeisterung breitete sich auf seinem Gesicht aus. »Verdammt, Lara! Als ich dich das letzte Mal gesehen habe, warst du noch so!« Er malte eine vage Größenangabe vor seinen Bauch, die langsam in die Höhe wuchs, weil er feststellte, dass er maßlos übertrieb. Eine Sekunde später legte er seine Hand auf ihre Wange und beugte sich vor, um sie über den Rucksack hinweg an sich zu ziehen. »Was machst du hier?«

Lara neigte den Kopf unter Jans Umarmung, spürte seine Lippen auf ihrem Scheitel. Früher hatte ein solcher Kuss Schlafenszeit bedeutet, Licht ausschalten, fort mit dem Buch. Seltsam, schoss es ihr durch den Kopf, es fühlte sich genauso an wie früher. Laras Mutter hatte solch elterliche Reflexe schon lange abgestreift, Berührungen, Tonfall, Sätze hatten sich dem Alter ihrer Töchter angepasst. Einzig bei Familienfeiern, wenn sich das Alte-Tanten-Syndrom der weniger frequentierten Verwandtschaft über Lara und ihrer Schwester entlud, zeigte die Bevormundung ihr faltiges Gesicht und ließ selbst ihre Mutter die Augen verdrehen.

Jetzt, bei Jans gedankenloser Begrüßung, roch nichts nach ewiger Kindheitsverdammnis, sondern nach etwas Älterem: Heimat. Geborgenheit. Urvertrauen. Welch antiquierte, große Wörter. Lara spürte, wie sich Tränen in ihren Augen sammelten.

Inzwischen hatte Jan Lara von ihrem Gepäck befreit, ohne deren verstohlenes Augenwischen zu bemerken. Mit dem Trekkingrucksack lief er voraus ins Wohnzimmer. Lara folgte ihm. Im Vorbeigehen bückte sie sich und lehnte die Notebook-Tasche zurück an die Wand.

Jan entledigte sich des Rucksacks, indem er ihn auf seinen Fernsehsessel fallenließ, dann drehte er sich zu Lara um. Er legte zwei Fingerspitzen unter ihr Kinn, um es sacht anzuheben. »Lass dich anschauen, Mädchen. Toll siehst du aus!«

Lara war sich sicher, dass sie fürchterlich aussah: ungeduscht, verschwitzt, mit einem verlaufenen Kajalstrich um von Müdigkeit umschattete Augen. Wärme breitete sich von Jans Fingern über ihr Gesicht aus.

Lara sah beiseite, ihre Finger spielten mit einer Rucksackschlaufe. »Genau wie ich es erinnere«, murmelte sie.

»Was meinst du?«

»Das hast du früher immer gesagt: »›Toll siehst du aus! Vad fin du är!‹« Ihre Zunge holperte durch das Schwedisch, aber die überkippende Art, wie sie das *fin* in die Länge zog, brachte Jan zum Lachen.

»Habe ich das? Mmh, pädagogisch nicht besonders wertvoll, aber es hat immer gestimmt.« Er ließ ihr Kinn los.

»Kommst du gerade aus der Kletterhalle?« Sie deutete auf Jans T-Shirt, in dessen Mikrofaser-Schwarz Spuren von Magnesium klebten. Jan senkte das Kinn bis zur Brust, zog den Stoff am Saum in die Länge und rubbelte mit dem Daumen über die wolkigen Flecken. Hinter ihm auf dem Bildschirm flogen Tennisbälle mit einhundertachtzig Stundenkilometern über ein Netz.

»Aus der Boulderhalle«, korrigierte er, das Rubbeln aufgebend. »Ohne Sicherung, mit Matten. Erinnerst du dich? Wir haben das an deinem Geburtstag mal gemacht. Ich glaube, da warst du zwölf.« Er legte den Kopf schief und kniff die Augen zusammen. »Vor zehn Jahren.«

»Fast. Jedenfalls ist es eine Ewigkeit her.«

»Ewigkeiten relativieren sich mit dem Alter.« Er musterte sie abermals lächelnd, die Arme mit den vom Klettern geweiteten Adern und Sehnen locker vor der Brust verschränkt. »Möchtest du etwas trinken?«

»Kann ich hierbleiben?«

Der Schuss traf ihn unvorbereitet. »Was? Äh, ja. Ja, klar!« Er sah sich etwas ratlos um, wie wenn er überlegte, ob er jetzt sofort das Sofa ausziehen sollte. Dann drehte er nochmals den Kopf zu ihr, die Frage von eben auf den Lippen: Was hat dich hierhergebracht?

Lara kam ihm hastig zuvor. Vertrauen, hätte sie antworten können, aber das klang albern nach jahrelanger

Entfremdung. Oder: Ich musste weg und ich wusste nicht, wohin. Stattdessen sagte sie nur: »Ich hatte nicht vor, dich so zu überfallen. Also wenn es dir nicht passt oder du was vorhast, suche ich mir eine andere Bleibe. Die Jugendherberge in Stockholm soll cool sein.«

»Ich kann absagen, kein Problem.«

»Nicht meinetwegen Ich tauche einfach so auf…«

»Nein, kein Thema. Das geht schon klar.«

»Deine Freundin?«

»Ja, aber macht nichts, das versteht sie. Sie ist entspannt.« Jan fischte in den Tiefen der Notebook-Tasche nach seinem Telefon und schaltete es an. Das Handy begrüßte ihn mit Happy Birthday.

»Du hast doch im Januar Geburtstag«, bemerkte Lara. »Am 16.«

»Ist mir noch gar nicht aufgefallen.« Er zwinkerte ihr zu und wählte eine Nummer. Immerhin schrieb er nicht nur eine Kurznachricht als Absage, das gefiel Lara.

Jans Stimme veränderte sich. »Åsa, hej! Du, förlåt mig, jag har fått oväntat besök – min ex-exflickväns dotter.«

Ex-exflickväns dotter – die Tochter der Ex-Exfreundin. Jans Worte zeichneten das Abbild von Lara als Vierzehnjähriger, als er und ihre Mutter sich getrennt hatten. Lara versuchte, Jans schwedischer Unterhaltung zu folgen. Auf eine Frage erwiderte er, dass er es nicht wüsste. Entweder bezog er sich darauf, was Lara hier suchte, oder auf die Dauer von ihrem geplanten Aufenthalt in Stockholm. Beides gute Fragen.

Lara sah sich in der Wohnung um. Die Tür zur Küche stand offen; eine angeschnittene Zimtschnecke lag auf der Küchenplatte neben der Spüle. Hinter der Schlafzimmertür herrschte Dunkelheit, draußen noch der helle skandinavische Sommernachtabend.

»Jag ringer dig på måndag.« Montag würde er sie wieder

anrufen. Lara war ein bisschen stolz darauf, wie viel sie verstand. Dann lachte Jan tief auf – ein Lachen, das früher Laras Mutter vorbehalten war. Lara fühlte sich wie damals, als sie und Marie spät nachts an der Schlafzimmertür ihrer Mutter gelauscht hatten. Zumindest bis ihr Kichern zu Jan und Marina vorgedrungen war. Da hatte es Ärger gegeben.

Lara schlüpfte aus den Straßenschuhen. Jan hatte unterdessen sein Handy weggelegt. »Gib her!« Er nahm ihr die Schuhe aus den Händen und trug sie den Gang entlang.

»Das kann ich selber machen!«, rief Lara hinter ihm her, während er die Turnschuhe, die nach der langen Reise bestimmt schlimmer muffelten als ein Elch, in seinen Schuhschrank verfrachtete.

»Was, selber aufräumen? Nun, das ist was Neues.« Es dauerte einen Moment, bis Lara kapierte, dass er sie mit der Unordnung ihrer Kindheit aufzog. Vornehm streckte sie ihm die Zunge heraus.

Jan schenkte Lara ein Glas Wasser ein und ließ sich neben ihr auf das Sofa sinken. Dann erinnerte er sich abermals an ihr aktuelles Alter, denn er fragte: »Oder wolltest du Bier? Ich habe nur Lättöl hier. Leichtbier. Oder vielleicht ein Glas Wein?«

»Wasser ist perfekt, danke.«

Er wandte sich ihr zu, einen Arm locker über die Lehne gelegt, ein Bein angewinkelt, das andere ausgestreckt. Im Fernseher begann die Eröffnungssequenz von Sex and the City.

»War sie böse?«

»Wer?«

Lara verdrehte die Augen. »Deine Freundin.«

»Überhaupt nicht. Åsa ist unkompliziert. Sie war auch gar nicht traurig, weil ich abgesagt habe. Sie hat noch Arbeit zu erledigen.«

»Was macht sie?«

»Sie ist Geografin.«

»Ist Åsa ein finnischer Name?«

»Nein. Wie kommst du darauf?«

»Mama sagte mal, du wärest mit einer Finnin zusammen.«

Jan warf einen Blick auf den Fernseher, der weiterhin im Stummmodus lief, und verzog die Mundwinkel, als er sah, welche Folge lief. Lara kannte Sex and the City nicht gut genug, um seine Erheiterung nachzuvollziehen, ganz im Gegensatz zu ihrer Mutter, bei der die gesamte Serie auf DVD aufgereiht neben Meyers Universallexikon im Wohnzimmer thronte.

»Wie geht es deiner Schwester?«, wechselte Jan das Thema.

»Marie ist in Oxford. Sie hat dort einen Studienplatz für Kunstgeschichte ergattert.«

»Ist das wahr?« Wenn er sich richtig entsann, hatte Marie in der Schule nie viel Enthusiasmus an den Tag gelegt, aber sie hatte immer gerne gezeichnet.

»Ja, voll die Streberin.« Lara umklammerte ihre Knie mit den Händen. »Ich wollte sie besuchen, aber dann … Es gefällt ihr dort ganz gut.«

»Kommt sie mit Englisch zurecht?«

»Marie war in der Elften ein halbes Jahr auf Schüleraustausch in Schottland.«

»Stimmt, da war was. Deine Mutter hatte mir in einer Weihnachtskarte davon erzählt. Ich habe mich noch gewundert; Marie war immer der anhängliche Typ.«

Das war früher, hätte Lara sagen können, als du noch mit uns lebtest. Stattdessen fragte sie: »Schreibt ihr euch immer noch? Du und Mama?«

»Das haben wir vor zwei Jahren aufgegeben. Was ist mit dir? Mein letzter Stand war, du wolltest Medizin studieren? Wie weit bist du?«

Laras Schultern unter ihrem blassblauen Shirt zuckten in übertriebener Gleichgültigkeit, wie er fand. Sie schwieg.

Jan hakte nach: »Du bist doch noch in Erlangen, oder?«

»War.«

»Das heißt?«

»Ich habe das Studium geschmissen.«

»Wieso das denn?«

Lara sah am Fernseher vorbei aus dem Fenster, wo ein paar Schleierwolken Dunst in den Himmel malten. Zuhause würde jetzt die Sonne untergehen, doch in Stockholm schien die Nacht weit entfernt.

»Vielleicht wechsele ich die Uni oder gehe ins Ausland. Vielleicht studiere ich auch gar nicht. Keine Ahnung.«

Jan öffnete den Mund, um zu fragen, was sie denn dann bitte zu machen gedachte, und schloss ihn wieder. Als ob er ihr Leben in drei Fragen erfassen und Lara vorrechnen könnte, was sie besser tun und lassen sollte. In diesem Moment gönnte er sich die Erleichterung, nicht Laras Vater zu sein, das Thema Studium und Karriere auf sich beruhen zu lassen, davon auszugehen, dass Lara schon ein Konzept ihres Lebens im Hinterkopf hatte, das sich wie ein Phönix aus der Asche erheben würde, sobald sie erst drei Monate älter wurde. Da saß kein Kind vor ihm und schon gar nicht seines.

Er musterte ihr Profil. Er hatte eben zwei Sekunden gebraucht, bis er die älteste Tochter seiner Exfreundin in der jungen Frau an der Tür erkannte. Wie viel schmaler Lara gewesen war, als er sie zuletzt gesehen hatte, die werdende Frau mehr Ahnung denn Wirklichkeit. Das war im Sommer nach seiner und Marinas Trennung gewesen, ein Besuch, der so unbehaglich verlief, wie es zu erwarten gewesen war. Unbehaglich für ihn, weil er plötzlich ein Fremder war in einer Familie, die einst – beinahe – seine gewesen war.

Danach hatte Marina ihren Weihnachtskarten noch eine Zeitlang Fotos von Lara und Marie beigelegt, oder die beiden Mädchen hatten Jan selbst geschrieben und Schnappschüsse in ihre Briefe geklebt: beim Hineinbeißen in einen Granatsplitter, beim Faschingsumzug, zwei Kusshände werfende, auf Kleopatra geschminkte Gesichter mit schwarzen Perücken, in denen Glitzer tobte. Irgendwann hatte auch das geendet: Abonnement gekündigt; die Leben trennten sich endgültig. Jan machte ihnen deshalb keinen Vorwurf; er hatte sich genauso verhalten. Er war Geologe, er wusste, wie es lief: Die Zeit erodierte früher oder später jedes Gebirge und Expartner schneller als alles andere. Gestern der Fels in der Brandung, morgen der Sand im Getriebe.

»Wie geht es deiner Mutter?«

Lara stand auf und trat ans Fenster. »Ihre Heilpraxis läuft gut; die letzten drei Jahre hat sie Vollzeit gearbeitet. Manche Kunden fahren über fünfzig Kilometer, nur um sich von Mama irgendwelche Tees abzuholen. Warme-Füße-Tee oder Ich-werde-feucht-Tee, du weißt schon. Sie und Papa haben wieder geheiratet.«

»Ist nicht wahr!«

Von Jans Fenster aus sah Lara das Wasser. Ein paar vereinzelte Segelboote kreuzten in lauer Brise, die Segel blütenweiß vor dem Blau des Meers. Oder des Sees? Lara musste nachdenken, ihre Ausflüge nach Stockholm lagen lange zurück. Blickte sie auf die Ostsee oder auf Mälaren, das Süßwassergewässer, das Stockholms westliche Hälfte prägte? Die Wellen auf dem Wasser verrieten nichts. Doch, es musste sich um die Meerseite Stockholms handeln, entschied sie, denn die Altstadt lag zu ihrer Linken.

»Glaub es nur, Jan, es ist wahr. Mama und Papa haben vor eineinhalb Jahren wieder geheiratet.«

Jan rechnete zurück und stellte fest, dass er um diese

Zeit die letzte Weihnachtskarte von Marina erhalten hatte. Damals hatte er selbst vorgehabt, vielleicht, doch, wahrscheinlich zu heiraten. Er hatte ebenfalls nicht mehr geschrieben.

»Diesmal ohne schwangeren Ausflug nach Las Vegas, dafür mit Ehevertrag«, schob Lara nach, weil Jan nichts sagte und sie die Stille nicht ertrug.

Er lachte. »Nimm das als Beispiel für die Entwicklungsgeschichte romantischer Beziehungen.«

Sie hatte eine andere Reaktion erwartet. Nicht unbedingt Entsetzen, aber milde Überraschung angesichts Marinas zweiter Heirat mit Paul schien Lara zu wenig. Da war Jans Staunen, sie vor seiner Tür vorzufinden, größer gewesen.

Lara und Marie hatten anders reagiert, als sie erfuhren, dass ihre Eltern erneut heiraten wollten. Auf einen Moment des Versteinerns war zu laute Freude gefolgt. Aber wie hätten sie ihre Reaktionen messen sollen, wo niemand in ihrem Umfeld Eltern vorzuweisen hatte, die heirateten, sich trennten und dann wieder heirateten – Vergleichsgrößen, an denen Lara hätte ablesen können, ob sie und Marie normal waren.

Unterhalb von Jans Wohnung schlenderte eine Gruppe deutscher Touristen vorbei. Das Fenster war nur gekippt, weshalb ihre Beschwerden über die Innenstadtmaut Stockholms bis an Laras Ohren trugen.

Jan verschwand in der Küche und kehrte wenige Minuten später mit Käse, Trauben und Crackern zurück. Lara stand noch immer am Fenster. Ihre Jeans, hatte er den Eindruck, hing ein wenig lose an ihrer Gestalt.

»Sie ist schwanger«, sagte Lara.

»Wer ist schwanger? Marie?«

»Mama.«

Jan entglitt eine Traube, die auf halbem Weg zum Mund

gewesen war. Der Ausreißer fiel zu Boden und rollte unter die Couch. Lara verzog die Mundwinkel, als sie Jans leises »Fan!« hörte, der vertraute schwedische Fluch, von dem er früher immer behauptet hatte, er bedeute das Gleiche wie Mist. Sie und Marie hatten es geglaubt und jeden Kompost der Nachbarschaft mit »Fan-Haufen« betitelt, bis sie älter wurden und nicht länger »Ich liebe dich« in verschiedenen Sprachen herunterleiern konnten, sondern »Fuck«.

Unterdessen rechnete Jan zurück. Marina war ein Jahr älter als er, also dreiundvierzig. Er hatte immer gedacht, sie wollte keine weiteren Kinder.

Der Trupp deutscher Touristen verschwand um eine Ecke. Lara lauschte, wie Jan nach der verlorenen Traube tastete und dabei mit dem Kopf gegen den Couchtisch stieß.

»Papa behauptet, Mamas biologisches Alter sei viel geringer als was in ihrem Pass steht.«

»Ach ja?« Jans Stimme klang etwas gedämpft. »Wollte sie das Kind? Ich meine, war es geplant?«

»Das habe ich sie nicht gefragt.«

Jan kam wieder hoch, die Traube triumphierend zwischen Daumen und Zeigefinger. Lara stützte sich auf den Heizkörper unter dem Fenster. Ihre Stirn berührte das Glas.

Jan warf einen Blick auf Sarah Jessica Parker im Fernseher, die Mr. Big dabei zusah, wie er im Auto davonfuhr, und widmete sich dann wieder Laras Anblick am Fenster. Sie hatte ihm den Rücken zugewandt, die Schultern hochgezogen. Aus irgendeinem Grund erinnerte ihn der Anblick an die Nachrichtensprecherin von eben. Da war etwas Fremdes an ihr, fand er, Lara nicht länger die kleine Beinahe-Tochter von einst.

»Wann ist der Geburtstermin?«

15

»In zwei Wochen.«

»Deine Mutter bekommt in zwei Wochen ihr drittes Kind, nach neunzehn Jahren, und du setzt dich nach Schweden ab?«

»Ich bin sicher, sie schafft das ohne mich.« Lara hörte selbst, wie flach ihre Stimme klang.

»Das wohl schon, aber willst du nicht dabei sein? Ich meine, immerhin ist das dein –« Jan unterbrach sich. »Was wird es überhaupt?«

»Ein Mädchen.« Laras Kopf ruckte zur Seite, sodass Jan nur ihren Hinterkopf sah. Ihr Pferdeschwanz pendelte im Echo der Bewegung.

»Papa hat's nicht so mit den Y-Spermien«, sagte sie immer noch gepresst, doch lauter als zuvor, und die Scheibe beschlug sich im Zwiegespräch mit ihrem Atem. »Die Spermientricks der Männer. Wie funktioniert das noch mal? Weibliche Spermien überleben länger? Das heißt, ein paar Tage vor dem Eisprung und die Chance auf ein Mädchen steigt?«

Das war nicht die Sorte Unterhaltung, mit der sich ihre Wege damals getrennt hatten. Was sieben Jahre ausmachten, um vom Kind zum Erwachsenen zu gleiten. Dagegen hatten dieselbe Zeitspanne in Jans Leben entwicklungstechnisches Ödland gebracht. Mit Kindern werde es nie langweilig, hatte Marina ihm am Beginn ihrer Beziehung gewarnt. In diesem Moment verstand Jan die Wahrheit jenes verlorenen Versprechens.

Er verteilte Käse auf die Salzcracker und garnierte alle mit einer Traube. Dann erinnerte er sich an den Lachs im Kühlschrank, den Lara als Kind zwar nicht gemocht hatte, doch er wollte nicht ausschließen, dass sich sogar das geändert hatte.

»Wie denkt deine Schwester darüber, dass sie nicht länger das Nesthäkchen ist?«, fragte er aus der Küche, während er die Lachsverpackung aufschlitzte und den angebissenen Teil der Zimtschnecke mit demselben Messer abschnitt.

»Weil es ein Mädchen ist?«

»Was hat das mit dem Geschlecht zu tun?«

Eine gute Frage und so schwedisch in ihrer Gleichberechtigung. Lara kreuzte die Arme vor dem Körper und spannte die Muskeln, bis sie fest gegen die Rippen drückten. Sie blieb still. Still, wie es die Telefonleitung geblieben war, als sie und ihre Mutter gemeinsam Marie die Botschaft überbracht hatten: »Du wirst die große Schwester von einem Mädchen, Marie.« Die Leere auf der anderen Seite des Freizeichens, Verbindung abgebrochen. Ihre Mutter hatte auf marode britische Telefonleitungen geschimpft, aber Lara wusste es besser. Sie wusste, weshalb Maries Schweigen einen anderen Grund als eine gekappte Verbindung hatte. Marie hatte sich einen Bruder gewünscht.

»Es ist schön, dass Marina und dein Vater wieder glücklich sind«, sagte Jan. »Im zweiten Anlauf.«

Lara löste sich vom Fenster. Sie griff sich einen Cracker plus die restliche Zimtschnecke und versank mit beidem in den Sofakissen. »Du meinst das ehrlich, nicht wahr, Jan?«

»Weil sie meine Ex ist?« Er schnaubte. »Wir haben uns nicht im Stellungskrieg getrennt, das weißt du. Da gab es nicht einmal eine Schlacht.«

»Ja, ich glaube, ich weiß es.« Crackerstückchen bröselten auf die Couch, als sie abbiss. Lara versuchte, sie aufzufangen, trotzdem verteilte sich die Hälfte auf ihrer Kleidung und dem Sofabezug. Eilig kehrte sie die Krümel mit den Fingern zusammen.

Sex and the City endete. Es folgte Werbung, deren Darsteller bei abgestelltem Ton wie Fische wirkten, die ihre Münder bewegten. Jan beugte sich an Lara vorbei, um seine

Hand unter die Kissen in ihrem Rücken zu schieben. Sein Oberkörper verdeckte den Blick auf Fernseher und Fenster, seine plötzliche Nähe eine Flut, an der tausend Tage Kindheit klebten. Jan fand die Fernbedienung zwischen den Kissen und richtete sich wieder auf, seinen vertrauten Duft mit sich nehmend. Benutzte er in Schweden dasselbe Waschmittel wie ihre Mutter vor Jahren in Deutschland? Und selbst wenn, weshalb roch ihr Vater dann nicht ebenso? Lara überlegte, ob sie Jan danach fragen sollte.

Es klackte, als der Fernseher erstarb. Jan fragte, ob sie mit dem Flugzeug gekommen sei. Doch Lara hatte Interrail genutzt. Eine schlaflose Nacht lang hatte sie im Zug gesessen und war in Malmö beim Dösen auf einer Parkbank von Touristen für eine Obdachlose gehalten worden.

»Was hättest du gemacht, wenn ich nicht hier gewesen wäre?«

»Unter den Brücken von Slussen geschlafen.«

Slussen und die Hafenanlagen in Hamburg standen für die Horrororte aus Laras Kindheit. Dreimal waren sie mit Jan in den Sommerferien nach Schweden gefahren. Einmal hatten sie die Strecke von Nürnberg in den Norden nachts zurückgelegt. Lara, die nicht schlafen konnte, hatte durch die Fenster des Kombis die gewaltigen Stahlmonster der Elbstadt betrachtet, Lindwürmer mit scharfen Kanten und Krallen, behaftet mit kalten Lichteraugen – eine Szenerie, die sie ihr ganzes Leben lang mit der Düsternis und dem drohenden Weltuntergang eines Blade Runners vergleichen würde. Im Elbtunnel war Laras geflüsterte Frage, wann sie denn endlich die andere Seite erreichen würden, im von den Wänden widerhallenden Lärm der Fahrzeuge untergegangen. Ihr Flüstern hatte von der Angst gezeugt, ein zu lautes Wort würde den Stein und Beton um sie zum Einsturz bringen, der Elbe die Tore öffnen, bis sich das Wasser von oben auf sie stürzte, ein tosender Strudel aus

Gischt und Finsternis. Dann tauchte das Auto aus dem Elbtunnel wieder auf, Marie schnarchte in ihrem Sitz und vor ihr langte ihre Mutter hinüber, um Jan den Nacken zu massieren. Lara atmete auf und vergaß ihre Monster – bis sie fünf Tage später in Stockholm bei Slussen ihre Familie verlor.

Slussen, der zentrale Knotenpunkt in Stockholms Innenstadt, wo Meer und See aufeinandertrafen, ein Gewirr aus halbdunklen Gängen und U-Bahntunneln. Eingehüllt in das Brausen von Autos, Motorrädern und eine Sprache, derer sie nur ein wenig Nachmittags-zum-Spaß fähig war, irrte Lara die Unendlichkeit einer Zehnjährigen in diesem zwischen zwei Gewässern eingequetschten Labyrinth umher. Erneut war die Angst vor überfluteten Tunneln über sie hereingebrochen. Was würde mit ihr geschehen, wenn die Schleusen brachen und sich der See ins Meer ergoss oder umgekehrt? In Panik war Lara losgerannt. Eine Spritze war unter ihren Füßen zerbrochen, das hatte sie etwas beruhigt, denn wo Ärzte waren, konnte es nicht allzu schlimm sein, oder? Voller Zorn auf ihre Mutter, Jan und Marie, die nicht auf sie gewartet hatten, hatte Lara Rotz und Tränen über ihre Ärmel verteilt, bis Jan sie endlich fest an der Hüfte ergriffen und begleitet vom Hupen eines Autos in den Schutz seiner Arme gezogen hatte.

Das nächste Mal, als sie sich durch Slussen zur U-Bahn bewegten, hatte sich Lara von Jan huckepack tragen lassen. Sie hatten beide so getan, als wäre es ein Spiel von Ross und Reiter und nicht dieses schrecklichste Schaukelpferd kindlicher Apokalypse: Verlorenheit.

Jan und Lara prosteten sich zu, während sie die Geschichte rekapitulierten. Lara überlegte, vielleicht war sie deswegen nach Stockholm, zu Jan, gefahren: Erinnerungen an unkomplizierte Zeiten, in denen eine Umarmung Monster noch besiegte.

Lara legte einen Ellenbogen auf die Rückenlehne der Couch und stützte ihren Kopf gegen die Faust, während sie auf Jans Frage, was sie gemacht hätte, wäre er nicht zuhause gewesen, zurückkam. »Ich habe aus Malmö in deinem Institut angerufen. Du warst in einer Vorlesung, daher wusste ich, dass du in der Stadt bist. Sonst wäre ich in Malmö geblieben. Eine Schulfreundin studiert dort.« Lara unterdrückte ein Gähnen.

»Bist du müde?«

»Ich habe in letzter Zeit nicht so viel geschlafen.«

Jan gab ihr einen Klaps auf den Oberschenkel und richtete sich auf. »Lass mich die Couch ausziehen, dann kannst du schlafen. Bleibst du über das Wochenende?«

»Wenn es dir recht ist?«

»Natürlich! Ich würde mich freuen. Wir könnten morgen in die Schären rausfahren. Wie klingt das?«

»Fantastisch!«

»Na dann machen wir dir mal ein Bett, Kleines!«

Lara wachte mitten in der Nacht auf. Sie war von einer Sekunde zur anderen hellwach, ohne dass sie ein bestimmtes Geräusch aus dem Schlaf gerissen hätte. Blaulicht rauschte unter Jans Wohnzimmer vorbei, warf wabernde Lichtspiele an die Wohnzimmerdecke. Die Luft im Zimmer war stickig. Lara stand auf und kippte das Fenster. Ein zweites Blaulicht näherte sich, Polizei. Sie sah dem Fahrzeug nach, wie es dem Straßenverlauf folgte und außer Sicht verschwand. Der Baum vor Jans Gebäude bewegte sich im Wind. Sein Rauschen klang in der Stille der schlafenden Stadt wie ein Ozean. Lara machte sich in der Küche auf die Suche nach einem Glas. Jans Schlafzimmertür war geschlossen, daher knipste sie das Licht an.

Die Spüle war aufgeräumt, eine Topfpflanze mit Petersilie

stand neben dem Fenster, ein weiterer Topf mit Thymian auf einem Regal. Ein englischer Thriller lag auf dem Küchentisch, daneben eine ausgelesene Zeitung. Lara angelte sich ein Glas aus dem Schrank; Wasserflecken zierten seinen Rand. Aus einer Laune heraus streckte sie sich, um die Weingläser weiter oben im Küchenschrank zu begutachten. Alle trugen sie Wasserflecken. Lara lächelte ihr dunkles Spiegelbild im Küchenfenster an. Ihre Mutter hasste Wasserflecken; Jan dagegen hatte die Gläser immer lufttrocknen lassen. Einmal hatten er und Laras Mutter sogar deswegen gestritten. Lara war damals zwölf und selbstverständlich auf Jans Seite gewesen, ebenso Marie. Wen kümmerten schon ein paar Flecken, das Glas war doch sauber!

Einige Jahre später hatten beide Mädchen ihre Einstellung zu Flecken geändert. Lara, weil sie die Dinge schön haben wollte, und Marie … Marie hatte begonnen, Licht zu meiden, schwarz zu tragen und davon zu reden, dass Laras Haut so viel glatter und reiner sei als ihre.

Zurück im Wohnzimmer sank Lara im Schneidersitz auf das improvisierte Bett, zog ihren Tagesrucksack an sich und kramte nach dem Handy. Sie schaltete den Flugmodus aus und bedeckte es mit dem Kissen, während ihre Nachrichten luden. Erst als Stille herrschte, befreite Lara das Telefon von seinem Schalldämpfer. Das Display verwies auf zwei SMS sowie zwei entgangene Anrufe ihrer Mutter. Von Marie: nichts.

Lara legte ihren Rucksack beiseite, ging in die Küche und machte das Licht aus. Zurück unter ihrer Decke drückte sie den Ausschaltknopf des Handys. Das Gerät schaltete sich ab. Sie hatte keine einzige Nachricht gelesen.

Lara hatte den Platz am Bug der Fähre ergattert, dort, wo

die Reling einen spitzen Winkel bildete und unter ihr der Kiel das Wasser schäumend teilte. Ein paar Kinder hingen wie Meerkatzen an den Streben neben ihr, von Zeit zu Zeit stieß ein Ellbogen oder Knie gegen Laras Hüfte. Sie lauschte dem Geschnatter und spürte vagen Triumph, wann immer sie einen vollen Satz verstand. Jan hatte früher, nachdem Marina in ihren Schränken Platz für seine Sachen geschaffen hatte, jeden Tag mit Lara und Marie ein wenig Schwedisch gesprochen. Einen Satz beim Frühstück hier, die Zeile eines Lieds dort, eine Gute-Nacht-Geschichte im Urlaub. Ja, nej, tack, god morgon, mjölk, vatten, bröd med ost och skinka. Det var inte jag! Das war ich nicht! Und das wichtigste, das Zauberwort: Schau!

»Titta!« Wie ein Echo erklang das Wort aus rauchiger Frauenkehle in Laras Rücken. Lara wandte sich um und beobachtete, wie die Augen zweier in oberschenkelkurze Röcke gekleideten Mütter Jan einem Screening unterzogen, sich unbemerkt glaubten hinter ihren Sonnenbrillen, die jedoch an den Seiten einen verräterischen Spalt freiließen. Jans Sonnenbrille saß quer über seinem Scheitel. Drei Zentimeter langes, von Silber durchzogenes schwarzes Haar umspielte die Gläser, in denen sich der Himmel spiegelte und deren Ränder die ausgeprägte Linie seiner Wangenknochen betonten.

Sie würde Marie davon erzählen müssen, überlegte Lara. Marie war die Künstlerin, die in allem mehr sah als andere. Die Geschichten zu erzählen wusste von Einhörnern, Drachen und Fischen in den Wolken, wundersame Geschichten, die sie vielleicht einmal ihrer neuen Schwester erzählen würde, der Unerwarteten. Ja, grübelte Lara, bestimmt würde Marie das tun. Womöglich würde sie die Sagenwesen und Wolkenhelden vom Himmel auf Papier bannen, damit die Kleine sie besser erkennen konnte. Sie würde eine Märchenschwester für die kleine Schwester sein. Lara hingegeben bliebe dann nur die Rolle der vernünftigen Schwester – ebenfalls eine Art von Verdammnis.

Wo kommt der denn her?, fragte eine der beiden Mütter. Die andere stieß sie warnend mit dem Ellbogen an, da Lara direkt neben ihnen stand und Jan sich an den übrigen Fahrgästen vorbei in Hörweite manövrierte.

»Bitteschön! Eiskonfekt hatten sie leider nicht.« Jan reichte Lara eine Eistüte, irgendetwas mit Nuss laut Verpackung. Beim Klang der deutschen Sprache starrten die Kinder der beiden Frauen ihn an.

»Så synt!« Schade, seufzte die eine Mutter ins Ohr ihrer Freundin, die mit den Achseln zuckte und den Kopf in den Nacken legte, um die Sonne über die Unterseite ihres Kinns streichen zu lassen. Sie zuckte nicht einmal, als eines der Kinder auf ihren Fuß trampelte.

»Von welchem Stamm war deine Großmutter nochmals?«, erkundigte sich Lara, während sie das Eis auspackte. Dabei kannte sie die Antwort.

»Algonquin. Sie ist in Quebec geboren.« Jan war zu drei Vierteln schwedischer Abstammung und zu einem Viertel Indianer. Sein Großvater hatte sich als Auswanderer in Kanada niedergelassen, eine Algonquin-Frau geschwängert, die bei der Geburt des gemeinsamen Kindes gestorben war. Daraufhin hatte sich der Großvater schnellstmöglich eine neue schwedischstämmige Braut organisiert, worüber in Jans Familie die Geschichte kursierte, dass er sie auf eine Zeitungsanzeige hin aus einem amerikanischen Kaff nach Kanada importiert hatte. Ein Jahr später war er mit ihr, dem gemeinsamen sowie dem unehelichen Sohn – welcher nach Ansicht der Familie seiner indianischen Mutter erfreulicherweise nicht allzu ähnlich sah – zurück nach Schweden gezogen. Dort hatte ihm sein Onkel einen Job bei Volvo verpasst, womit sich eine bis dahin aufregende Wildwestgeschichte im gesellschaftlichen Durchschnitt verlor. Der Rest von Jans Familiengeschichte gestaltete sich eher gewöhnlich: Eine blauäugige Schwedin, ein Schwede mit nachtschwarzer Iris und Bronzeton zeugten ein Kind. Die blauen Augen pflanzten sich fort, andere Merkmale purzelten weiter fröhlich durcheinander. Insofern war Jan ein Ergebnis aus dem Lehrbuch für Genetik mit schwarzen Haaren, hohen Wangenknochen auf leicht getönter Haut, Augen von der Farbe der klaren Gewässer Skandinaviens und mit dem Drang, festen Wänden immer wieder zu entkommen. Mendel, dachte Lara, wäre zufrieden mit dieser Erbse gewesen.

»Mama ist mit Keanu Reeves zusammen«, hatte Marie ihren Schulfreundinnen gegenüber behauptet, eine Woche nachdem ›Speed‹ im Fernsehen gelaufen war. Von ihrer älteren Schwester hatte ihr das einen Schubs eingetragen.

»Keanu Reeves sieht ganz anders aus«, hatte Lara getönt, die sich dank des Altersvorsprungs mit Männern einschlägig auskannte. »Er hat dunkle Augen, nicht blaue, außerdem ist er alt.«

»Was hat Papa eigentlich für Augen?«, hatte Marie gefragt. Nach einigen Diskussionen hatten die beiden Schwestern die Frage aufgegeben. Es war erstaunlich schwer, sich an die Feinheiten seiner Erscheinung zu erinnern, solange ihr Vater in China lebte und sie ihn nur zweimal im Jahr für wenige Wochen sahen.

Das Motorengeräusch veränderte sich, während das Boot beidrehte und mit dem Heck voran eine Pier ansteuerte. Das Wendemanöver rückte das Markenzeichen der kleinen Stadt in Laras Blickfeld: eine wuchtige Inselfestung, der die Poesie von Ruinen fehlte. Rund die Hälfte der Ausflügler packten Rucksäcke zusammen, steckten Kinder in Buggys und drängten schwatzend die Gangway hinunter an Land.

»Vaxholm«, erklärte Jan. »Wir bleiben bis Grinda an Bord.«

Lara fing mit der Zungenspitze ein herabtropfendes Stück Vanilleeis auf. Sie hatte den Eindruck, dass die beiden Mütter, die mit ihrem lebhaften Nachwuchs ebenfalls an Bord blieben, sie beobachteten. Doch da sie ihre Gesichter Lara jetzt direkt zuwandten, konnte sie ihre Augen hinter den getönten Brillengläsern nicht länger erkennen.

»Wenn du es einsamer bevorzugst, können wir auch weiter hinausfahren«, fuhr Jan fort. Laras Zunge formte das Eis unterdessen genüsslich zu einem spitzen Turm. »Grinda ist für Stockholmer das, was für Deutsche der Baggersee ist, also ziemlich überlaufen. Skärgården mag über zwanzigtausend Inseln haben, aber der Stockholmer tummelt sich bevorzugt mit allen anderen auf einer einzigen.«

Die Fähre legte ab. Sie fuhren weiter zwischen den Schären hindurch, vorbei an Häusern, deren einstiger rustikaler Holzhüttencharme frischgestrichenen Villen gewichen war. Eingebettet in eine Landschaft aus glitzerblauem Wasser, im Wind grünschillernden Bäumen und malerisch platzierten Felsen, erweckten sie den Eindruck, als hätte sich Gott an Photoshop ausgetobt.

Sie erreichten Grinda am fortgeschrittenen Vormittag. Lara wollte sich sofort an die Fersen der mit Körben, Bastmatten und Badetüchern behängten vielbeinigen Echse heften, die sich vom Bootssteg entlang durch den Wald schlängelte, doch Jan hielt sie zurück. »Die andere Seite der Insel ist ruhiger.«

Er führte sie auf einem schmaleren Weg nach rechts fort vom sommerlichen Pilgerstrom. Eine Familie mit drei Kindern und einem Dackel sowie zwei Pärchen folgten ihnen.

Sie schlugen ihr Lager bei zwei flachen Felsen auf. Eine Fichte spendete spärlichen Schatten. Schwimmer, Segelboote, Motorboote, Fähren und Kajaks bevölkerten die Wasserstraße zwischen den Inseln, durch die der Schiffsverkehr an Grinda vorbeizog. Wellen brachen sich von Zeit zu Zeit am Ufer im Nachklang größerer vorbeirauschender Boote.

Lara atmete tief ein. »Fühlt sich wie Ferien an«, murmelte sie.

Jan fand, sie klang überrascht. Er wusste immer noch nicht, was Lara eigentlich vor seine Tür geweht hatte. Männerprobleme? Studiumskrise? Jedenfalls sah sie so aus, als könnte sie Ferien gebrauchen. Wenn sie sich unbeobachtet wähnte, stahl sich eine gedankenverhangene Erschöpfung in ihre Züge und zeichnete sie älter – zumindest bis sie lachte und sich zwei Grübchen neben ihren Mundwinkeln formten.

Nun, vielleicht konnte er zumindest das für sie tun. Er hatte die Mädchen immer gerne zum Lachen gebracht. Sie hatten so hemmungslos gelacht.

Jan zog sein T-Shirt über den Kopf, löste die Klettverschlüsse seiner Sandalen und hüpfte zur Seite, da er prompt auf Nadeln trat. Unter der wadenlangen Hose trug er bereits seine Badehose. »Kommst du mit?«, fragte er, in Richtung Ostsee gestikulierend, die selbst hier draußen nicht die Bezeichnung ›Meer‹ verdiente.

»Ich komme gleich nach.« Lara genierte sich, vor Jan Top und Jeans auszuziehen, daher wartete sie, bis er ihr den Rücken zuwandte und über die Felsen zum Wasser tänzelte. Er hatte nach wie vor den Körper eines Kletterers, stellte sie fest.

Im Alter von zwölf Jahren hatte Lara erstmals der Gedanke durchblitzt, dass Jan und ihre Mutter ein schönes Paar waren. Die Erkenntnis hatte bei einem Elternabend zugeschlagen, als sie die Eltern ihrer Mitschülerinnen mit ihrer Mutter und Jan verglich. Die schwarzen Haare und leuchtend blauen Augen, diese Ein-Viertel-Indianer-Exotik mit einem Hauch fremdländischen Akzent, ließ die Lehrerinnen die Köpfe zusammenstecken. Laras Klassenleiterin hatte gefragt, ob der Lebensabschnittsgefährte – mit Betonung auf dem mittleren Wort, was Laras Misstrauen erweckt hatte –, ob der Lebens*abschnitts*gefährte ihrer Mutter aus dem Elsass käme; die Direktorin wollte wissen, welche Sprache sie daheim sprächen.

Zur selben Zeit hatten Laras Schulfreundinnen zu kichern begonnen, wann immer Jan sie mit ein paar locker hingeworfenen Worten unterhielt oder in voller Exkursionsmontur mit dem Geologenhammer an der Seite zur Tür hereinspazierte und Laras Mutter im Vorbeigehen einen Kuss gab. Einmal hatte er Marina sogar in den Nacken gebissen, während diese vor der Spüle kauerte, den Arm tief in das hinterste Küchenfach versenkt. Marina hatte halbherzig nach seiner Wade geschlagen, doch Lara erinnerte sich vor allem an Jans Raubtiergrinsen, mit dem er Laras Freundinnen über Marinas Hintern hinweg zugezwinkert hatte.

Er war jetzt zweiundvierzig, rechnete Lara nach. Und womöglich attraktiver denn je, falls sie das richtig beurteilte.

Jan kraulte bereits fünfzig Meter vom Ufer entfernt, bis Lara vorsichtig einen Zeh ins Wasser streckte. »Jetzt sei kein Frosch!«, hallte es herüber. Ein Stück links von ihr platschte es, als der Dackel ihrer Felsnachbarn ins Wasser sprang. Ihre ersten Armzüge erinnerten Lara an ihre Oma: steif hochgereckter Hals, kurze abgehackte Bewegungen, hörbares Schnaufen, bis sich ihr Körper der niedrigeren Wassertemperatur ergab. Sie tauchte bis zum Scheitel unter. Der Dackel bellte wie verrückt einen Wasservogel an.

»Na, wie ist es?« Jans Kopf tauchte neben ihr aus der Tiefe.

Lara leckte sich die Lippen, schmeckte fades Salz. »Kein Baggersee.« Sie drehte eine Seehundrolle im Wasser. Jans tretende Füße waren verschwommene Schemen schräg unter ihr.

»Waren wir als Kinder auch mal hier?«

»Erinnerst du dich nicht mehr?«

Laras Kopfschütteln ließ Wasser in ihr Gesicht schwappen. Sie wischte sich über die Augen und war froh, dass sie keine Wimperntusche aufgelegt hatte, nur einen Hauch von Kajal, sonst würde sie jetzt aussehen wie eine verheulte Krähe.

»Du müsstest damals acht gewesen sein. Wir haben in Skärgården gezeltet, zehn Tage lang.«

Ein Zupfen in den Tiefen von Laras Langzeitgedächtnisses förderte zwei, drei Bilder hervor. »Das war der Astrid-Lindgren-Sommer, nicht wahr?«

»Ja«, grinste Jan, »die war auch mit dabei.«

Lara drehte sich auf den Rücken. Ein paar Wolkenfetzen trieben über ihr dahin, doch die Sonne gleißte zu stark, um lange in den Himmel zu blicken. Ihre Strahlen glänzten auf Tropfen in Jans Wimpern.

»Das war mein erster langer Urlaub mit euch Kindern«, fuhr Jan fort und drehte sich ebenfalls auf den Rücken. »Drei Wochen am Stück, ohne Möglichkeit, mich zwischendurch zurückzuziehen. Meine Mutter meinte, das würde niemals gutgehen. Aber das hat sie ab der ersten Minute, als ich ihr von Marina erzählte, behauptet.«

»Du hast dich trefflich geschlagen.« Lara steuerte die Felsen an. Jan folgte ihr. Er hätte Lara einen Vortrag halten können, wie nahe er damals daran gewesen war, sie und Marie auf einer Insel auszusetzen. Nach zehn Tagen mit ständigem Geschrei wegen lebensbedrohlicher Spinnennetze, Essensgezicke, Nicht-Einschlafen-Wollen, aufgeschlagener Knie und Dauergezanke war der Ruf der Freiheit manchmal überwältigend geworden. Einfach alles stehen und liegen lassen und sich eine Freundin ohne Kinder suchen. Aber es hatte eben auch andere Momente gegeben, voller … *Einheit.*

Jetzt, im Nachhinein, wusste Jan, Lara und Marie waren einfache Mädchen gewesen. Die meisten seiner Freunde, die eine Beziehung mit einer alleinerziehenden Mutter anfingen, ernteten zu Beginn deutlich mehr Ablehnung als er damals.

»Haben wir dich abgelehnt? Daran kann ich mich überhaupt nicht erinnern.« Sie kletterten zurück ans Ufer. Jan reichte Lara ein Handtuch.

»Nein, nicht abgelehnt. Aber ihr hättet lieber euren Vater zurückgehabt, das ist doch natürlich. Im Übrigen hat es auch seine Vorteile, eine andere Rolle einzunehmen als die des großen Erziehers.« Jan pumpte die Lungen auf und trommelte sich mit den Fäusten auf die Brust.

Spielerisch schlug Lara mit dem Handtuch nach ihm. »Ich fand es immer beeindruckend, wenn du zornig warst. Richtig zornig, mit Brüllen und allem. Du wärst ein guter echter Vater gewesen.« Den letzten Satz murmelte sie nur noch, die Heiterkeit verebbte. Lara wandte sich ab. Sie und Marie hatten Jan nie als Vater betrachtet. Sie wusste nur nicht, ob sie traurig darüber sein sollte oder erleichtert.

»Interessant, dass du das am Brüllen festmachst.« Jan wuschelte sich durch die Haare, bis Tropfen spritzten. Die Feuchtigkeit gab seinen silberdurchwirkten Haaren für einen Augenblick ihre Jungenhaftigkeit zurück. Lara hätte gerne gewusst, welche Vermutungen die beiden Mütter von eben über sie angestellt hatten. Vater und Tochter waren sie ja eindeutig nicht. Ob sie über den Altersunterschied gelästert hatten? – Mit Sicherheit.

»Wieso hast du eigentlich keine Kinder?«, fragte sie und wunderte sich ein bisschen über ihre Forschheit. »Was war mit dieser Finnin, von der Mama erzählt hat? Das klang schon recht nach Hochzeit und allem Drum und Dran.«

»Wir haben es Anfang letzten Jahres beendet.«

»Aber wolltet ihr heiraten?«

»Das war mein Plan mit 40.«

»Warum habt ihr es nicht getan?«

»Wir hatten einfach unterschiedliche Lebensvorstellungen.« Er ließ sich auf sein Handtuch fallen.

»Ist das nicht ein bisschen abgedroschen? Ich habe dich für romantischer gehalten.«

Jan schaute sie lange an. Es war ein neuer, anderer Blick als zuvor, intensiver und von dunklerem Blau. Als ob er sie plötzlich als eine Person wahrnähme, die andere Antworten forderte. Verunsichert senkte Lara die Lider. Stille wechselte zwischen ihnen hin und her. Dann folgte Jan ihr über die Grenze, die sie gerade überschritten hatte.

»Eine Heirat ist ein Versprechen, mit dem anderen zusammen sein zu wollen, und ein Vertrag. Für mich allein brauche ich den nicht, für meine Partnerin, die selbst gut verdient, nicht versorgt werden muss und klar macht, dass sie absolut keine Kinder will, auch nicht. Sie sah das anders.«

Lara kniete sich neben ihn auf sein Handtuch. Sie war sich nicht sicher, ob sie ein Recht auf diese Fragen hatte, aber sie stellte sie trotzdem. »Habt ihr euch deshalb getrennt? Weil sie keine Kinder wollte?«

»Sagen wir, es war der Anfang der Einsicht, dass wir in vielerlei Hinsicht unterschiedliche Pläne, Träume, Vorstellungen von unserem Leben hatten.«

»Weil du Kinder wolltest und sie nicht.«

»Da kam mehr zusammen. Sie wollte ein Projekt annehmen, für das sie ein Jahr nach Südamerika hätte gehen müssen. Für mich machte es keinen Sinn, vor einer so langen Trennung zu heiraten, nur um es zu formalisieren.« Jan beäugte misstrauisch eine Ameise, die sich anschickte, sein Handtuch zu erkunden. »Plus et cetera, et cetera.«

Nähe ohne Nähe, hätte er sagen können, aber er tat es nicht.

»Ich verstehe.«

Jan bezweifelte dies. Im Nachhinein war es leicht, Dinge so zu erklären, dass jeder sie verstand. Sogar er. Damals hatte es für ihn dagegen keine Gewissheiten gegeben, nur Fragezeichen, den Zwang zu Entscheidungen und das Kunststück, sich weder etwas einreden zu lassen noch sich selbst etwas einzureden.

Er schnippte ein Rindenstückchen gegen Laras Wade. »So, jetzt hast du mich genug ausgequetscht. Jetzt bist du dran.«

Lara hatte ihn nach seiner neuen Freundin fragen wollen. Wie hieß sie noch gleich? Åsa. War es etwas Ernstes? Falls Jan überhaupt zwischen Ernstem und Unernstem unterschied, was wusste Lara denn schon über ihn, wie er so tickte als Mann? Dieser Jan, dem sie jetzt gegenübersaß, erschien ihr wie Neuland in einem Ozean an Vertrautem. Abgesehen davon hatte sie überhaupt keine Lust, über sich selbst zu sprechen.

Lara stand auf und begann sich abzutrocknen. Jan ließ sie nicht aus den Augen. »Also Mylady, Zeit für ernste Fragen: Was hat dich nach Stockholm verschlagen? Lauert da ein Skandal?«

»Mein Leben ist nicht so abwechslungsreich wie deins«, lenkte sie ab.

»Deshalb schmeißt du ja auch dein Studium.«

Lara wusste nicht, ob er sie aufzog, aber seine Augen lachten nicht. Sie beugte sich kopfüber nach vorne und legte sich das Handtuch über die Haare. Jans Stimme folgte ihr durch den violetten Stoff hindurch. »Männerprobleme?«

»No man no cry«, murmelte es hinter Laras Frottee, während sie ihre Haare frenetisch trocken rubbelte.

»Ich dachte, du wärst vielleicht als Beziehungsflüchtling nach Schweden gekommen.«

»Als Beziehungsflüchtling?«

»Marina hatte mir mal geschrieben, du hättest einen Freund. Nett, wenn auch ihrer Meinung nach etwas langweilig.«

Verblüfft tauchte Lara wieder hinter ihrem Handtuch auf. »Das hielt drei Jahre. Echt, hat Mama das geschrieben? Dass sie ihn langweilig fand?«

»Wortwörtlich.«

»Zu mir hat sie nur gesagt, sie hätte immer gefunden, dass wir nicht gut zusammenpassen.«

»Und seitdem?«

Sie bückte sich nach dem Rindenstück, das er nach ihr geschnippt hatte, und zerkrümelte es zwischen den Fingern. »Geschichten«, antwortete sie knapp.

Jan musste lachen. »Ich habe Geschichten. Meine Kollegen haben noch mehr Geschichten. Mit Anfang zwanzig Geschichten? Das sind Whatsapps.«

»Und das ist Altersarroganz!« Laras Augen blitzten herausfordernd, während sie ihn mit ihrem Handtuch bewarf. Jan fing es und schmiss es zurück. Doch er verfehlte, abgelenkt von diesem Funkeln in Laras Augen, welches er bei einer Frau, die nicht den Status der Tochter der Ex einnahm, als sehr sexy empfunden hätte.

Jan sprang auf, grapschte nach seinem Shirt und verkündete: »Ich glaube, ich könnte was zu essen vertragen.«

Von Sonne und Baden glücklich ausgelaugt, kehrten sie am Ende des Tages nach Stockholm zurück. Sie aßen bei Jan zu Abend, bis diesem aufging, dass sein Gast im besten Ausgeh-Alter war. So stürzten sie sich um kurz nach zehn ins Stockholmer Samstagabend-Nachtleben. Jan entführte

Lara nach Östermalm, das Schickeria-Viertel Stockholms, wo sie zunächst zwanzig Minuten in der obligatorischen »kö«, der Schlange vor dem Eingang des Clubs, ausharrten. Eine Gruppe Studenten wartete vor ihnen, nach Stockholmer Art in den aktuellen Modetrend gekleidet, der die Schaufensterpuppen der großen Kaufhäuser zierte, weshalb sie alle auch recht ähnlich aussahen.

»Das ist es, was ich von Deutschland her vermisse«, flüsterte Jan Lara ins Ohr. »Ein wenig mehr Individualismus.«

Laras Sorge richtete sich dagegen auf die Frage, ob sie mit der Fleecejacke, ihrem unscheinbaren Top und Bootcut geschnittenen Bluejeans überhaupt am Türsteher vorbeikommen würde. Einige Minuten später – sie hatten sich dem Einlass bis auf fünf Meter genähert – entdeckte Jan weiter hinten in der Schlange Bekannte. Er drückte Laras Unterarm und entschuldigte sich für einen Augenblick.

Lara spürte dem Druck seiner abgleitenden Finger nach und nutzte die Gelegenheit, ihren Pferdeschwanz zu öffnen und die Haare auszuschütteln. Mit zwei Haarklammern zwischen den Zähnen und verdeckt vom Schleier ihres eigenen Haars, musterte sie die Schweden in der Gruppe vor sich ungeniert von oben bis unten. Jan hatte recht. Sie sahen alle aus, als hätten sie sich von der gleichen Verkäuferin beraten lassen. In diesem Moment trafen die Studenten aus unerfindlichen Gründen nach fast einer halben Stunde Anstehen den Entschluss, wie ein einziges Wesen aus der Schlange zu treten, und Lara fand sich direkt mit dem Türsteher konfrontiert.

»Personkort!«, verlangte dieser.

Lara zückte ihren Personalausweis. Der Türsteher entriss ihn ihr, studierte Vorder- wie Rückseite, dann schüttelte er gelangweilt den Kopf. »Minimum age twenty-three!« Er winkte das nächste Pärchen zu sich.

Mit brennenden Wangen fiel Lara aus der Schlange.

Weiter hinten unterbrach Jan seinen Smalltalk. Lara nickte Jans Freunden einen Gruß zu und kämpfte um ein Lächeln. Ihr Rauswurf war ihr peinlich, deshalb murmelte sie auf Deutsch: »Der Schuppen ist nur für Leute ab dreiundzwanzig.«

»Mist, daran habe ich überhaupt nicht gedacht.« Jan warf Lara einen Blick zu, der sie nicht unbedingt glücklicher machte. Die Leute vor ihnen drehten sich kurz um. Jemand lachte. Die Schlange schob sich einen Meter weiter. Jan ratterte ein paar Worte auf Schwedisch an seine Bekannten herunter. Die Frauen gurrten daraufhin mitleidige Worte, die nicht ernst gemeint klangen. Einer der Männer sagte entschuldigend: »Usually they are more tolerant towards young women.«

Lara behauptete, sie sei eh müde.

»Das kann man nicht ändern.« Jan verabschiedete sich von seinen Bekannten, eine der Frauen küsste er auf die Wange. Während sie sich von der Kneipe entfernten, bot Jan Lara seinen Arm an, den sie ungeschickt nahm. Das Leder seiner Jacke war fest und weich zugleich unter ihren Fingern. Jan folgte nicht der Mode, sondern trug seinen eigenen, relaxten Stil. Lara vermutete, dass ihre Mutter an Jans Geschmack einen nicht unerheblichen Anteil hatte.

»Wahrscheinlich werde ich wegen dir jungem Ding gleich noch von der Polizei angehalten«, lachte Jan.

Lara schwieg; sie fand die ganze Aktion nicht lustig. Aber es war schön, an seinem Arm neben ihm zur U-Bahn und von dort nach Hause zu gehen.

Jan war als Student nach Deutschland gekommen, aus einer Laune und der Faszination für die Alpen heraus. Womöglich hatte es etwas mit einer jungen Münchnerin zu tun, die er einmal auf einem Campingplatz auf den Lofoten getroffen hatte. Sie war seine erste ungeschickte Liebe gewesen. Beim Abschied hatte er ihr seine Adresse gegeben, ebenso die Telefonnummer auf einem separaten Zettel – sicher war sicher! – und einen Troll aus knorrigem Holz zum Erinnern. Sie hatte sich nie mehr gemeldet. Dennoch hinterfragte Jan seine spätere Studienortentscheidung nicht. Seine Eltern wunderten sich ein wenig, »Du hast Deutsch doch gehasst!«, aber immerhin lag Deutschland näher als die USA. Die Wahl seines Studienfachs hingegen folgte keiner Bauchentscheidung: Seit Jan denken konnte, wollte er Geologe werden. Sein Vordiplom hatte er nach vier Semestern in der Tasche, trotz ausgedehntem Partyleben und zweier eher uninspirierter Beziehungen. Damals begann die Zeit, in der er die Alpen für sich entdeckte, das Klettern und Bergsteigen. Sein Steckenpferd wurde die Glazialmorphologie, die von Gletschern geschaffenen Landschaften, die Jan aus seiner Heimat kannte. Plötzlich verbrachte er die Sommerferien wieder in Schweden; später ließ seine Diplomarbeitsbetreuerin einige Kontakte spielen, damit er einen Platz als wissenschaftliche Hilfskraft auf einem Forschungsschiff ergatterte. Im folgenden Sommer betrat Jan die heiligen Planken der Polarstern mit dem Ziel Arktis.

Er war die gesamte Reise über seekrank gewesen.

Geläutert vom Meer und von Schiffen, auf den Lippen den mit Flüchen gespickten Eid, nur noch Berge, Erde oder allenfalls Sand unter seine Sohlen kommen zu lassen, dazu sechs Kilo leichter, zog er von München nach Erlangen, um am dortigen geologischen Institut eine Assistentenstelle anzutreten. Die überschaubare Studentenstadt mit ihrem hohen Bildungsgrad und unprätentiösem Publikum gefiel ihm, das Unterrichten machte ihm Spaß, die Doktorarbeit ging ihm leicht von der Hand. Doch sein Körper schien dauerhaft geschwächt von Seekrankheit und Gewichtsverlust. Jan wurde schnell müde, das Klettern strengte ihn an, außerdem nervte das ständige Rutschen seiner Hosen.

Kurz vor Weihnachten erzählte ihm ein Kollege von einer Cousine, die habe »so eine Fortbildung in Traditioneller Chinesischer Medizin oder so ähnlich« gemacht. Sie hätte Ärztin werden wollen, das Medizinstudium jedoch abgebrochen. Jetzt würde sie etwas Eigenes auf die Beine stellen. Jans Kollege beteuerte, bestimmt wüsste die wunderheilende Cousine irgendein Mittelchen, das Jan wieder mehr Speck auf die Rippen packen und seine Müdigkeit beenden würde. In Jans Ohren klang das nicht allzu vielversprechend, so winkte er ab – bis die Weihnachtsfeier des Instituts im Garten eben dieses Kollegen stattfand, Winter-Grillen unter grauem Himmel und bei matschigen fünf Grad plus.

An diesem Tag lieferte besagte Cousine Salate und Kuchen ab. Wie ultrahübsch sie war, hatte sein Kollege nicht erwähnt, und so vergaß Jan seine Ablehnung gegen chinesische Abendkurs-Quacksalberei, überließ Folienkartoffeln, Würstchen und Steaks der Glut und verwickelte die Kuchenbäckerin in ein Gespräch. Die schien die klamme Kälte im Garten nicht zu stören, und so hatten sie sich über eine Stunde lang unterhalten.

Am nächsten Tag hatte sie ihm überraschend ein in Leinen gewickeltes Päckchen ins Institut gebracht, dazu eine auf blassgrünes Papier gekritzelte Anleitung, wie er den Tee zuzubereiten hätte. Sie hatte ein blondes Mädchen an einer Hand gehalten, ein zweites, jüngeres Kind hatte sich wie ein Äffchen in ihren Mantel gekrallt und hinter der mütterlichen Hüfte vorbei auf Jans mit Gesteinen überladenen Schreibtisch gelugt.

Ob sie nur seinetwegen von Nürnberg nach Erlangen gefahren sei, hatte er seinen Besuch gefragt. Sie hatte ihn angelächelt, ein Lächeln, das bis tief in ihre Augen reichte.

Jan hatte daraufhin die beiden quengelnden Anhängsel schlagartig ausgeblendet.

»Natürlich«, hatte sie auf seine Frage geantwortet, »Service ist alles. Wer weiß, vielleicht wirst du ja mein erster fester Kunde?«

So hatte er Marina kennengelernt.

»Ich erinnere mich an diesen ersten Besuch bei dir im Institut.« Lara streckte sich, bis ihre angewinkelten Unterarme an das Autodach über ihr stießen. Ihre Brüste folgten der Bewegung und wanderten unter ihrem Seidenshirt ebenfalls ein Stück höher. Jan fragte sich, wieso er das eigentlich bemerkte, genaugenommen, nicht wieso, sondern was er sich dabei dachte. Stirnrunzelnd schaltete er Motor und Scheibenwischer aus.

»Der Türgriff war in Form einer Muschel«, kramte Lara unterdessen in ihren Erinnerungen. »Oder etwas Ähnlichem.«

»Etwas Ähnlichem. Also ist dir unser fossiler Türgriff im Gedächtnis geblieben, ich aber nicht.«

»Der Türgriff war etwas ganz Besonderes.« Doch der Spott schmolz in der Wärme ihres Lächelns. Das Mädchen, das am Freitag so überraschend vor seiner Tür aufgetaucht war, mit dem vorsichtigen Blick eines aus dem Tierheim geholten Hundes, wurde immer zutraulicher, stellte er fest. Zumindest dann, wenn sie wie jetzt über die Vergangenheit sprachen, was Lara gerne tat. Manchmal schien sie das Gespräch regelrecht in eine solche Richtung zu dirigieren. Jan war sich nur nicht sicher, was hinter dieser Nostalgie steckte.

»Ich weiß noch, wie Mama an dem Abend zu mir und Marie ins Zimmer kam und sagte, wir würden dich ab jetzt vielleicht häufiger sehen.«

»Du hast daraufhin ›Ist gut!‹ gemurmelt, hast dich umgedreht und bist eingeschlafen.«

Das hatte Lara nicht mehr gewusst.

»Doch, es ist wahr. Und das Jahr darauf dasselbe, als Marina euch fragte, wie ihr es fändet, wenn ich bei euch einzöge. Einfach nur: ›Ist gut‹. Jan löste seinen Gurt und wandte sich ihr im Sitz zu, eine Hand hinter ihrer Kopfstütze. »Wenn ihr gewusst hättet, wie nervös ich damals war. Ich hätte schwören können, dass ihr das nicht wolltet. Dein Vater war jedenfalls nicht sonderlich begeistert, als er von Marinas und meinen Plänen erfuhr.«

Draußen hastete eine Familie an Jans in die Jahre gekommenem Volvo vorbei zum Museumseingang. Regen trommelte auf das Autodach. Lara kniff die Augen zusammen, ganz auf die Vergangenheit konzentriert. »An dem Tag, da hattest du uns bestochen. Das war nach dem Ausflug in diesen Steinbruch. Du hast uns nach Archäopteryxen suchen lassen, mit Hammer und Meißel. Das war cool! Ich habe daheim immer noch eine Platte mit Pflanzenresten und Fossilien von damals.«

»Der Solnhofener Plattenkalk. Ich hätte nicht gedacht, dass der unvergesslich bleibt. Immerhin konnte ich eine gewisse geologische Grundbildung legen.«

Lara mochte Jans Lächeln. Die Art, wie sich die Haut neben seinen Augenwinkeln in langgestreckte Fältchen bog, Weichheit über die hohen Wangenknochen tupfte. So hatte sie Jan nicht in Erinnerung gehabt.

»Wenn du das nächste Mal nach Nürnberg kommst, machen wir das wieder, abgemacht?«

»Versprochen.« Jan gestikulierte nach draußen. »Sollen wir?«

Ein Besuch im Naturhistorischen Museum war Jans Vorschlag gewesen, als sie beim Frühstück die über der Stadt dräuenden Wolken beäugt hatten. Außerdem würde Jan somit etwas Arbeit erledigen können, da er einem Freund mit einem Ausstellungskonzept über die Geschichte der Stockholmer Schären half. Er hatte Lara gefragt, ob es ihr recht sei, wenn er Johan anriefe und ihn fragte, ob er an einem Sonntag Zeit hätte.

Natürlich war es in Ordnung für sie, sie würde sich gerne das Museum anschauen, während Jan sich mit seinem Freund traf. Ihr sei völlig klar, wie sehr sie ihn überfallen hätte, und dann das mit Jans Freundin, seine geplatzten Pläne. Sie wolle ihn nicht auch noch von seinem Job abhalten.

Jetzt war Jan in den Tiefen des aus dem Jugendstil stammenden, vom Barock inspirierten Museumsgebäudes verschwunden, während Lara an der Fauna Schwedens vorbeischlenderte, die sich dem Besucher als ausgestopfte, voneinander durch sterile Gänge getrennte Familie präsentierte: Vögel im freien Flug, Biber, die an ihrem Zuhause bauten, Wölfe, die sich die Schnauzen leckten, ein Fuchs mitten im Jagdsprung auf einen Lemming, eine auf ihre Zeit wartende Eule, ein staksiges Elchkalb und am anderen Ende des Saals die unendlich traurigen Augen eines Seehunds.

In einer leeren Vitrine spiegelte sich schemenhaft Laras Gesicht. Einen Moment lang glaubte sie, in den Umrissen ihre Schwester zu erkennen, dabei sahen sie sich schon seit Langem nicht mehr ähnlich. Vielleicht rief die Zeitlosigkeit des Museums diese Illusion hervor, eine durch Äonen angehäufte Schwere, die das Raum-Zeit-Gefüge krümmte und den zwischen den Ausstellungsräumen Wandernden in eine andere Epoche verfrachtete. Lara gefiel dieser Gedanke. Sie lehnte sich gegen die Vitrine, die ihr Maries Abbild gezeigt hatte, und schrieb ihrer Schwester eine Nachricht:

– *Bin im Urlaub; Interrail macht's möglich. Ein alter*

Freund, du wirst dich wundern! Richtest du Mama aus, dass es mir gutgeht? Ich melde mich.

Lara drückte auf Senden, bevor sie weiter darüber nachdenken konnte, und schaltete danach sofort den Flugmodus ein.

Nein, sie würde nicht darauf warten, ob Marie ihr antwortete. Sie würde sich diesen Tag mit Jan nicht verderben lassen.

Versteckt zwischen zwei Schautafeln beobachtete Jan, wie Lara aus dem Stand heraus nach vorne hüpfte und das Ergebnis mit der Zeichnung verschiedener Sprungweiten von Säugetieren an der Wand verglich. Die Experimente zum menschlichen Körper schienen sie zu faszinieren, trotzdem bemerkte er Schatten unter ihren Augen, so als hätte sie kurz zuvor geweint.

Jan wusste noch immer nicht, was Lara nach Stockholm geführt hatte. Jedes Mal, wenn er die Frage wie einen Stein in den Teich ihrer Unterhaltung warf, ging sie einfach unter. So nonchalant wie charmant Lara ihm auswich, ließ die Situation Jan ratlos zurück. Dabei empfand er einen Hauch von Unergründlichkeit als durchaus reizvoll an einer Frau. Er hasste es, wenn Leute ihre Leben wie Wurstplatten auf die Anrichte knallten, noch bevor man zum Aperitif gegriffen hatte, und es widerstrebte ihm, Lara auszuquetschen. Sie war nicht seine Tochter. Außerdem, wie oft war er schon bei einem Kumpel aufgetaucht, mit einem Pack Bier und dem Satz »Ich will nicht drüber reden!« auf den Lippen?

Jan wollte es dennoch wissen. Das Problem war nur, wie nachbohren, ohne auf ersatzväterlichen Inquisitor zu machen, eine Rolle, die ihm nicht nur schlecht stand, sondern die Lara gar nicht ernstnehmen würde. Jan war nie ein

Vaterersatz für Lara und Marie gewesen, und die Mädchen hatten ihrerseits gut zwischen allgemeiner Erziehung und elterlicher Einflussnahme zu unterscheiden gewusst. Niemals war auf eine von Jans Ermahnungen hin der Gegenangriff »Du bist nicht mein Vater!« gefallen, was Jan zwar stolz gemacht, bisweilen jedoch auch bedauert hatte. Jetzt, mit dieser herangewachsenen Frau, war die Frage ›Was bin ich für dich?‹ komplizierter geworden, das vertrackte Definieren einer Beziehung, für die es keinerlei gesellschaftliche Anleitung gab.

»Schon fertig?« Lara hatte Jan entdeckt und machte einen Satz auf ihn zu, sodass er einen Moment lang glaubte, sie wollte sich wie früher in seine Arme werfen. Auf halbem Weg nach oben besann er sich und ließ die Hände, die sich ihr entgegengestreckt hatten, wieder sinken.

»Johan wurde von seiner Frau einberufen. Mette hat heute Geburtstag, und es gibt irgendeine Katastrophe mit dem Kuchenbuffet für die Verwandtschaft. Keine Sahne, zu wenig Beeren für den Kuchen, kein koffeinfreier Kaffee, jetzt muss er einkaufen gehen und …«

»Komm mit!« Lara hörte ihm schon gar nicht mehr zu, sondern zerrte ihn am Ärmel hinter sich her. »Ich habe einen Test für dich. Ich habe mittelmäßig abgeschnitten. Wollen wir doch mal schauen, was ein alter Mann wie du noch so draufhat!«

Sie schob ihn in etwas, was wie eine Telefonzelle aussah, und zwängte sich hinter ihm hinein. Es war so eng in der Kabine, dass ihr Körper gegen seinen presste, was Jan prompt bemüßigte, ihr den Kommentar mit dem »alten Mann« zu verzeihen.

»Ein Hörtest«, erklärte Lara und deutete auf die Armatur vor ihnen. »Du drückst auf diesen Knopf hier, sobald du etwas hörst. Aber ich glaube, die Anlage funktioniert nicht richtig, oder ich bin tauber, als ich dachte.«

»Das machen die Discos«, murmelte er in das von blonden Haaren bedeckte Ohr, das kaum mehr als eine Handbreit vor ihm schwebte. »Jetzt seien Sie still, Fräulein Berckmann, ich muss mich konzentrieren.«

Am Ende stellte das Naturhistorische Museum fest, dass Jans Gehörsinn noch mehr zu wünschen übrigließ als Laras.

»Das liegt an Discos!«, äffte Lara ihn nach, während sie kichernd nach draußen drängte und ihr Ellenbogen eine Delle in Jans Pullover und ein Echo auf seiner Haut darunter hinterließ.

»Das liegt an Frauen«, berichtigte Jan würdevoll, der die Vermutung hegte, die Armaturen der Testkabine hätten bei jedem zweiten Drücken nicht reagiert. »Ihr erzählt uns so lange, wir würden schlecht hören, bis wir es selbst glauben und unser Gehör einfach das Handtuch wirft.«

Lara rieb sich das Kinn. »Ich verstehe ja, dass man Mama vieles vorwerfen könnte, aber das eigentlich nicht.«

»Nein«, gab Jan zu. »Das kam erst nach ihr.«

»Wie habt ihr es eigentlich geschafft, dass ihr noch so gut übereinander sprechen könnt, du und Mama? Das schaffen die wenigsten. Ich übrigens auch nicht«, fügte sie nachträglich hinzu.

»Ja, das ist eine grandiose Leistung«, kommentierte er trocken. »Die unerträgliche Leichtigkeit der Trennung.«

Laras Stirn verzog sich; sie verstand nicht, wie er das meinte. Jan milderte seine Worte mit dem Hinweis, ihn nicht zu ernst zu nehmen.

»Ich habe ›Die Unerträgliche Leichtigkeit des Seins‹ gelesen«, bemerkte Lara für den Fall, dass es Jan beeindrucken würde.

»Wie findest du das Buch?«

Sie zögerte. »Verstörend.«

»Freut mich zu hören.«

Abermals wusste sie nicht, was genau er meinte. Er lächelte schon wieder. Jans Lächeln, beobachtete Lara von der Seite, zog seine Augen ein Stück in die Länge und verdunkelte sie. Das hatte sie früher nie bemerkt.

»Warst du nicht einmal dann sauer auf Mama, als sie wieder etwas mit Papa angefangen hat?«

Jans Schritt stockte. Sie waren auf dem Weg zum Ausgang. Eine geführte Gruppe umbrandete sie wie Wellen eine Sandbank. Da war sie wieder, die Grenze, über die er ihr bereits einmal, auf Grinda, gefolgt war. Erwachsene Fragen, erwachsene Antworten. Jan holte tief Luft.

»Ich war nicht sauer. So war das damals nicht. Das Feuer zwischen uns, zwischen deiner Mutter und mir, war schon lange nur noch am Rauchen, als Paul aus China zurückkehrte.«

»Ich dachte, sie hätte dich mit Papa betrogen.«

»Das hat sie nicht.« Er fuhr sich durch die Haare, unschlüssig, wie viel er preisgeben sollte. »Paul war höchstens der Auslöser, um Schluss zu machen.«

Er hob eine Hand zu ihrem Kinn und ließ sie, sobald er ihre Haut berührte, wieder fallen. »Ihr Mädchen habt mir ziemlich gefehlt, wusstet ihr das? Erst dachte ich: Klasse, wieder frei, keine pubertierenden Bälger, tun und lassen, wann und wie es mir gefällt. Aber das erste Jahr ohne euch war irgendwie leer.«

»Du hast uns auch gefehlt.«

Kopfschüttelnd hielt er ihr die Tür auf. »Euer Vater kehrte zu euch zurück. Ihr wart aus dem Häuschen. Das weiß ich.«

»Nicht als Vater. Als Freund.«

Sie ging an ihm vorbei nach draußen.

Paul und Marina waren Nachbarn gewesen, bis Paul, acht

Jahre älter, zum Studium nach Köln gezogen und den elterlichen Haushalt mit zwei Taschen und einem Moped verlassen hatte. Bei seiner Rückkehr als frischgebackener Ingenieur waren sie an Marinas siebzehntem Geburtstag zusammengekommen. Vier Jahre später wurde Marina ungeplant schwanger. Mitten im Medizinstudium pausierte sie ein Jahr, in dem sie während Windelnwechseln, Stillen und Kind-Bespaßen Bücher über chinesische Medizin, Akupunktur und Heilkräuter verschlang. Zum folgenden Wintersemester kehrte sie an die Uni zurück, um drei Monate später gänzlich das Handtuch zu werfen. Da war sie bereits mit Marie schwanger.

Die zweite Geburt, Hochzeit, Hausbau, es folgten drei Jahre perfektes Familienleben und zwei weitere dasselbe zumindest nach außen hin. Kaum Sex, Marie, etwas sensibel und nachdrücklich Pauls Aufmerksamkeit einfordernd, Streit über die Wahl von Kindergarten, Schule sowie Marinas Ausbildung und Aufbau der eigenen Selbständigkeit, dazu Pauls Ambitionen in der Firma – falls Tränen und deutliche Worte flossen, dann hinter geschlossenen Türen. Am Ende brachten Paul und Marina es fertig, dass die Kinder die Trennung ihrer Eltern nicht als eine gescheiterte Beziehung und sich selbst als eine schiffbrüchige Familie erlebten, sondern als eine notwendige Konsequenz aus Lebensumständen, in denen sich nichts Persönliches versteckte.

»Euer Papa muss geschäftlich nach Brasilien«, hatte Marina ihren Töchtern erklärt, »und danach vielleicht nach China. Das ist gut für seine Arbeit. Er wird uns natürlich besuchen kommen.« Die Mädchen hatten es hingenommen. Eineinhalb Jahre lang sahen sie ihren Vater alle drei Monate, danach ging Paul nach China; seine Besuche wurden seltener. Zu dieser Zeit begann Marina ihre Beziehung mit Jan und schaffte es abermals, dass die Mädchen keinerlei

Verratsgedanken hegten. Ihre Liebe hielt sieben Jahre lang, großzügig gerechnet. Gegen Ende des sechsten kehrte Paul nach Nürnberg zurück. Marina schwärmte von Pauls neuer Gelassenheit; Jan dagegen fand ihn steif, wenngleich Paul den Mädchen gegenüber lieb und charmant war. Aber was zählte Jans Meinung? Die Beziehung mit Marina war von Leidenschaft hinüber zu von Gewohnheit gesteuerter Freundschaft gekrochen. Egal ob sie es bemerkt hatten oder nicht, hatten sie dieser Schnecke offenbar nicht genügend Wert beigemessen, um sie rechtzeitig aufzuhalten, umzudrehen und zum Ausgang zurückzuschicken. Vieles, was sie damals unterlassen hatten, hatte Jan im Nachhinein bedauert, doch bis heute erinnerte er sich vor allem an die schönen Momente, die sie geteilt hatten. Zu viert.

»Was ist?«

»Was soll sein?«

»Du siehst aus, als hättest du gerade ein Weihnachtsgeschenk ausgepackt.«

»Der Film ist witzig.«

»Das war gerade die Szene, wo du eigentlich annehmen müsstest, Diego wäre tot.«

»Oh. Tatsächlich. Ist er aber nicht.«

»Lenk nicht ab!«

»Wenn ein Mann mit Chips, Wein und einer hübschen jungen Frau auf der Couch Ice Age schaut, darf er sich doch wohl mal freuen, oder?«

Lara errötete.

Jan dachte entsetzt: Scheiße, habe ich gerade geflirtet?

Aus den Augenwinkeln bemerkte er, wie sein Handy blinkte. Er hatte Ton und Vibrationsalarm ausgeschaltet, aber das Leuchten des Displays verriet, dass jemand versuchte, ihn anzurufen. Er ignorierte das Flimmern und konzentrierte sich wieder auf den Film. Laras Zehen spielten unterdessen mit den Fransen des Couchteppichs.

»Siehst du? Diego lebt.«

»Wie oft hast du den Film schon gesehen?«

»Dreimal. Gehört zur glazialen Grundausbildung, quartärgeologisches Basisseminar. Ich habe meine Studenten eine Arbeit darüber schreiben lassen. Einer der Schlauberger betitelte seinen Aufsatz mit ›Nuts – The evolution of lust. How scarcity in a high glacial environment drives the development of sexual behaviour, courtship and love‹: Wie Mangel in hocheiszeitlicher Umgebung die Entwicklung von sexuellem Verhalten, Balz und Liebe begünstigt. Ich habe ihm eine Eins gegeben.«

Sie kicherte. »Musst du morgen an die Uni?«

»Ich habe um fünf einen Termin.«

»Soll ich dich danach abholen? Ich wollte mir gerne das Unigelände anschauen.«

»Frescati Campus? Klingen da etwa potenzielle Zukunftspläne durch?«

»Vielleicht.«

Es war der perfekte Zeitpunkt, um sie zu fragen, wie lange sie zu bleiben gedachte. Jan sah zu Lara hinüber. Sie hatte sich nach vorne gebeugt und lachte, als die Schlussszene mit Scrat, dem Säbelzahneichhörnchen, begann. Jan stopfte sich den Mund mit einer Handvoll Chips zu.

Am Montag verließ Jan seine Wohnung, während Lara noch schlief. Er hatte keine Jalousien im Wohnzimmer, daher erhellte Tageslicht die rechte Hälfte ihres Gesichts, in das blonde Strähnen wie vom Schlaf verstreute Liebkosungen fielen. Über Lara dräute ein blaues Kissen auf der Rückenlehne der Couch, das jeden Moment das Gleichgewicht verlieren und auf sie runterzukippen drohte. Vorsichtig hob Jan das Kissen herunter und widerstand dem Drang, eine der Haarsträhnen auf Laras Wange zur Seite zu streichen.

Im Institut stand erst einmal die wöchentliche Mitarbeiterbesprechung an. Die Reihe war diesmal an Jan, frische Milch und Kanelbullar – Zimtschnecken – zu besorgen, deshalb machte er einen Umweg zum Bäcker. Es hatte aufgehört zu regnen, der Himmel war jedoch bewölkt, so entschied er sich gegen sein Fahrrad und für die U-Bahn. An der Universität kochte er Kaffee und betrat rechtzeitig den Besprechungsraum, um den Schluss der wöchentlichen Tirade der Laborchefin über rücksichtslose Studenten im Allgemeinen und nicht eingehaltene Sicherheitsvorschriften im Besonderen mit anzuhören.

»Da hat jemand für dich angerufen, Jan«, informierte ihn eine Forschungsassistentin, bevor er die Kaffeekanne abstellen und die Tür des Besprechungsraums hinter sich schließen konnte. »Deutscher Akzent. Vor zehn Minuten.«

Jan nickte und stahl sich wieder nach draußen. In seinem Zimmer wählte er Laras Nummer, doch ihr Telefon war ausgeschaltet. Also rief er seine eigene Festnetznummer an, die sonst praktisch nur seine Eltern benutzten. Lara nahm nach dem fünften Klingeln ab.

»Sorry«, sagte sie etwas atemlos, »aber ich habe gesehen, dass du dein Handy hast liegen lassen. Und du hast mir nicht gesagt, wo ich deine Ersatzwohnungsschlüssel finde.«

»Auf dem Schuhschrank im Gang.«

»Oh.« Er hörte ihre leisen Schritte. Es klimperte gedämpft. »Tut mir leid, da hätte ich auch selbst mal nachschauen können. Aber ich dachte, bevor ich deine Schubladen durchwühle …«

»Die Pornohefte sind unter meinen Socken, dritte Schublade im Schlafzimmer.«

»Wusste ich's doch!« Ihr Lachen war befreit. »Dann sehen wir uns später!«

»Was wirst du heute machen?«

»Sightseeing. Das Rathaus. Shopping. Mal schauen.«

»Lara, wenn du mit deiner Mutter sprichst, sag ihr schöne Grüße!«

»Was? Ja, okay. Mach ich. Danke. Ciao!«

Sie legte auf. Jan runzelte die Stirn und hoffte, dass es sich bei dem, was immer in seinem Magen zu rumoren begann, um Hunger handelte.

Den Rest des Vormittags quälte er sich durch ein Seminar und das Referat eines Studenten im zweiten Studienjahr. Der Vortrag war so miserabel, dass Jan am liebsten nach der Hälfte abgebrochen hätte. Er hatte sich in die letzte Reihe gesetzt; eine Studentin drehte sich immer wieder zu ihm um, um an völlig falschen Stellen zustimmend zu nicken und mit den Wimpern zu klimpern. Als Jan beim Mittagessen einer Kollegin sein Leid klagte, trug ihm das allerdings nur Spott ein.

»Vielleicht solltest du dir einen Bauch und Tränensäcke zulegen.« Mette war Dänin und damit per Geburtsrecht unverblümter als die Bevölkerung ihrer schwedischen Wahlheimat. »Dann stehen die jungen Dinger nicht mehr auf dich und hören ihrerseits besser zu.«

»Mmh, ich habe mich schon gefragt, ob dein Mann nicht ein paar Kilos zugenommen hat.«

Sie warf eine Olive nach ihm. Mette war Johans Frau und das komplette Gegenteil zu ihrem zurückhaltenden, gutmütigen Mann. »Wie läuft es eigentlich mit deiner Geografin? Åsa?«

»Ihr geht's gut. Sie war dieses Wochenende ein paar Messungen vornehmen.«

»Jaså, Messungen vornehmen.« Mettes gedehnter Tonfall hätte sogar die Augenbrauen eines Fisches angehoben. »Wolltet ihr nicht zusammen Segeln gehen?«

»Mir ist was dazwischengekommen. Hat Johan dir

erzählt, dass wir uns gestern im Museum getroffen haben?« Im selben Moment fiel ihm sein Fauxpas auf. »Oh, du hattest ja Geburtstag! Alles Gute nachträglich! Tut mir leid, dass ich nicht mehr angerufen habe, aber ich hab's echt vergessen.«

»Johan hat mich schon vorgewarnt, als er zurückkam. Er prophezeite, du wärest wohl zu abgelenkt, um daran zu denken.«

Glücklicherweise hatte Jan in diesem Moment den Mund zu voll mit seiner Pasta, um darauf antworten zu müssen.

»Marinas Tochter also.« Mette kannte Marina von früher. Sie und Jan hatten sich auf der Arktis-Expedition kennengelernt, bevor er die Stelle in Erlangen angenommen hatte. Ihre Fingerspitzen tippten gegen die Tischplatte. »Kommt die Kleine nach ihrer Mutter?«

Jan tunkte seine restliche Tomatensoße mit Brot auf. »Die ›Kleine‹ ist einundzwanzig. Schwer zu sagen, ob sie nach Marina kommt. In einigen Punkten auf jeden Fall. Lara ist etwas weicher, würde ich sagen.«

»Kindlicher.«

»Zarter. Kindlich ist die Perspektive derer, die allgemein älter werden.«

»Was ist denn bitte allgemeines Älterwerden?«

»Das Knittern deiner Lachfältchen und der Drang, Jüngeren mehr Jugend als Charakter zu unterstellen.«

Mette prustete fast ihren Cappuccino über den Tisch. »Das Knittern meiner Lachfältchen?!«

Jans Grinsen sprach Bände.

»Schau doch mal in den Spiegel, du Poet!«, riet ihm Mette und pikste mit ihrer Gabel in Richtung seines Gesichts.

Jan warf einen Blick auf die Uhr und erhob sich. »Ich muss los. Wir sehen uns am Donnerstag, ja?«

Im Gehen hörte er Mette vor sich hinmurmeln: »Knitternde Fältchen! Und das wagt er mir aufzutischen, nachdem er wegen einer Einundzwanzigjährigen meinen Geburtstag vergessen hat.«

Den Rest des Nachmittags arbeitete Jan an einem Artikel für eine englischsprachige Quartärzeitschrift. Um drei schickte er die letzte Version an einen Freund in Kanada, der ihn um vier – sein Kumpel musste es als allererstes am Morgen gelesen haben – zurückrief und ihm ein paar Änderungen durchgab. Kaum hatte Jan den Hörer aufgelegt und die finale Version auf seiner Festplatte gespeichert, klopfte es an der Tür.

»Bin ich zu früh?«

»Ich bin gerade fertig.« Er griff nach seiner Jacke.

»Du wirst es kaum glauben, aber ich habe es tatsächlich geschafft, mich auf Schwedisch zu dir durchzufragen.«

»Grattis! Vad duktig du är!«

Wie tüchtig du bist – ein Satz, der sich im Schwedischen nicht nur auf die Generation jenseits der Achtzig beschränkte und mit dem die Schweden recht verschwenderisch umgingen. Lara hatte ihn als Kind gehasst und streckte Jan daher vornehm die Zunge heraus. Dann fiel ihr Blick auf eine Fotocollage, die an der Wand neben der Tür hing.

»Wann war das?« Ihre Finger glitten über eines der Fotos, auf dem Jan aus einer Höhle kroch, schlammbeschmiert und mit Helm auf dem Schädel. Aus Jans schmutzigem Gesicht leuchteten die Augen in einem so intensiven Blau, dass es beinahe unecht wirkte. Weitere Fotos zeigten ihn inmitten einer Gruppe Studenten und mit einem riesigen Stoffmammut im Arm, ein viertes beim Biertrinken – dem wenig schmeichelhaften Schnappschuss nach nicht die erste Flasche. Auf dem letzten Bild saß Jan auf einem Eisbrocken vor einem Gletschertor, telefonierte und schaute dabei in die Ferne.

»Das war eine Exkursion vor zwei Jahren. Meine Studenten haben mir die Collage geschenkt.«

Lara deutete auf das letzte Bild. »Mit wem sprichst du da?«

»Mit meiner damaligen Freundin.«

Der Finnin. Lara gefiel der Blick, mit dem Jan auf dem Foto in die Ferne sah. Es war bestimmt schön, Gegenstand eines solchen Blickes zu sein.

Jan stopfte das Notebook in seine Tasche und riss Lara von den Fotos fort, indem er sie aus dem Zimmer bugsierte und hinter sich absperrte. »Wie war dein Tag?«

»Ich hatte Stockholm langweiliger in Erinnerung.«

»Weil du Städtetouren gehasst hast.«

»Früher habe ich auch keinen Käse gegessen und in die Windeln gemacht.«

»Touché! Warst du schon auf Djurgården?«

»Nein, ich bin recht spät losgekommen. Ich habe bei dir noch Mails gecheckt und so.«

Sie hatte zwei Stunden lang auf ihr Handy gestarrt. Mit sich gerungen, ob sie die Nummer ihrer Mutter wählen sollte oder die von Marie. Letztlich hatte sie keine von beiden angewählt. Aber das erzählte sie Jan nicht.

»Dann holen wir uns auf Djurgården einen Hotdog«, bestimmte Jan. Die Regenfront hatte sich verzogen und einen weißblauen Himmel übriggelassen, dessen Junisonne die Wege im Eiltempo trocknete. Sie nahmen die U-Bahn bis Östermalmstorg und schlenderten von dort zur Promenade entlang Strandvägen, vorbei am Vasa-Museum und dem Vergnügungspark Gröna Lund bis zu Waldemarsudde, einem märchenhaft anmutenden, von pittoresken Gärten umgebenen Palast an der Südwestspitze von Djurgården. Läufer in kurzen Hosen, Tops und Stöpseln in den Ohren joggten an ihnen vorbei, allein oder in Gruppen, während sie über die Steine bis ans Wasser kletterten.

Jan zog seine Schuhe aus und tauchte die Zehen ins Wasser.

»Bist du oft hier?«, wollte Lara wissen.

»Früher bin ich hier häufiger gelaufen, aber mein Knie macht mir seit letztem Herbst Beschwerden.«

»Davon habe ich noch nichts bemerkt.«

»Nur beim Joggen.«

»Sag mal, Jan, ich wollte dich etwas fragen.«

»Was denn?«

»Wäre es in Ordnung, wenn ich noch ein, zwei Tage länger bliebe? Ich habe gelesen, von Stockholm aus ginge ein Bus zur Fähre nach Gotland. Du hast immer von Gotland geschwärmt, und dann könnte ich alles von hier aus organisieren.«

»Klar!«

»Ich habe mich heute schon im Internet schlaugemacht, aber noch nichts gebucht.«

»Lass dir Zeit.«

»Ich will nicht ewig deine Couch okkupieren.«

»Das macht nichts, ich freue mich.«

»Sicher?«

»Absolut!«

»Okay.« Sie lächelte seine Zehen an.

»Oh, das hätte ich fast vergessen: Ich habe dein Handy mitgebracht.« Sie kramte in ihrer Stofftasche.

Jan warf einen Blick auf das Telefon. Es war ausgeschaltet. »Ist der Akku leer?«

»Es hat ein paar Mal geklingelt, aber ich bin nicht rangegangen. Irgendwann am Nachmittag war dann der Saft alle.«

Sie erwähnte nicht, dass sie jedes Mal am Display gecheckt hatte, wer anrief. Es war immer derselbe Name gewesen: Åsa.

Jan zuckte mit den Achseln und ließ das Telefon in der Tasche verschwinden. Vor ihnen glitt ein Kreuzfahrtschiff vorbei und begann sein Wendemanöver für die Anlegestelle auf der gegenüberliegenden Uferseite. In der Folge rollten Wellen heran und platschten gegen die Felsen. Jan flüchtete sich zurück ans grasige Ufer.

»So langsam kriege ich Hunger«, klagte Lara, während er Socken und Schuhe anzog.

»Du hättest auch einen Hotdog haben können.«

»Ich versuche, weniger Fleisch zu essen.«

»Weshalb das denn?«

»Weniger Fleisch ist besser für die Welt.«

»Jahå! Die Welt!«

»Im Ernst!« Sie boxte spielerisch nach seinem Oberarm. Jan fing ihre Faust auf und zog daran, bis Lara halb über seinen Schoß fiel. Ihr Ellenbogen zielte gegen Jans Rippen. Er tat, als würde er vor Schmerz zur Seite kippen, dann schlang er einen Arm um Laras Kopf und drehte den Oberkörper. Ihr rechter Fuß trat in die Luft, als er sie zwang, die Drehung mitzumachen, ihr Gewicht halb auf ihm. Laras im Schwitzkasten gefangenes Lachen ließ ihren Oberkörper und sein T-Shirt vibrieren.

»Jaså. Din exflickväns dotter.« – Aha. Die Tochter deiner Exfreundin.

In Åsas Stimme klirrte ein fremder Klang, weshalb Jan den kurzen Moment, bevor sein Kopf in die Höhe ruckte, hoffte, dass er sich irrte. Doch dort stand sie, ein Stück über ihm, eine Joggerin unter vielen mit stylischen Kopfhörern, gekleidet in knappe Shorts, ein silbernes Top und helle Laufschuhe, die kurzen rötlich-blonden Haare von Spangen aus der Stirn gehalten.

Jan ließ Lara los, die noch damit kämpfte, dem Satz nachzulauschen, der ihr Spiel so abrupt beendet hatte oder – ganz im Sinne der Quantenphysik, nachdem ein Experiment untrennbar mit dem Beobachter verbunden war – zu etwas anderem als einem Spiel werden ließ.

Viermal, erklärte Åsa Jan, habe sie versucht, ihn zu erreichen. Aber offenbar sei er ja beschäftigt. Ihr Kinn ruckte in Laras Richtung.

»Åsa, jag …«

Aber Åsa joggte weiter, ihr Pferdeschwanz ein verächtlich wippender Gruß an Jans anderweitig in Beschlag genommene Adresse. Jan fluchte und kam auf die Beine.

Lara strich sich die von der Rauferei zerzausten Haare aus dem Gesicht. »Sorry«, flüsterte sie, kniend. Er winkte ab.

»Willst du ihr nicht nachrennen?«

Jan starrte sie reglos an, das Gesicht eine Maske.

»Ich warte hier auf dich.«

Weiter vorne verschwand Åsa um eine Kurve in den Gärten von Waldemarsudde. Jan nahm die Verfolgung auf. Sowie er joggend die Kurve erreichte, war Åsa bereits ein ganzes Stück weiter; sie musste ihren Lauf beschleunigt haben. Nicht, dass Jan sie mit einem kurzen Sprint nicht hätte einholen können. Jan trabte weiter. Und blieb nach zwanzig Metern stehen.

Wenn Jan in zweiundvierzig Jahren etwas gelernt hatte, dann, dass es Frauen gab, für die er den Sprint seines Lebens hinlegen würde, aus dem Stand heraus, unhinterfragt. Marina war eine solche Frau gewesen. Jetzt zu traben, war dagegen ein Zeichen von … Traben eben.

»Fan!«

Das Universum zeigte sich unbeeindruckt von Jans Fluch. Nur eine alte Dame, die mit einer Gartenschere hinter einem Busch hervorlugte, zischte vorwurfsvoll.

»Verdammte Scheiße!«, sagte Jan auf Deutsch. Die Seniorin blinzelte, dann machte sie sich eilig davon. Eine blassrosa Blüte löste sich vom Busch, an dem sie gestanden hatte, und fiel lautlos zu Boden. Sie würde rasch verwelken.

Jan drehte sich um und ging langsam den Weg zurück.

Lara stand auf der Promenade, die Arme um den Oberkörper geschlungen. Sie wippte auf den Fußballen vor und zurück.

»Hast du sie eingeholt?«, fragte sie besorgt.

Jan blickte an ihr vorbei auf das Wasser, wo ein paar Segler und mit Halstüchern geschmückte Motorbootfahrer den Feierabend genossen.

»Ich schätze, ich konnte die Sache klar genug stellen«, sagte er.

Dienstag. Auf ein weiteres Referat – immerhin um Längen besser als das gestrige – folgte ein Mittagessen aus Sandwiches, das Jan vor seinem Computer im Institut einnahm. Er brütete nach wie vor über Titel und Abstract für seinen Aufsatz. Ein Doktorand kam herein, drückte ihm eine Tasse Kaffee in die Hände und stellte ein paar Fragen zur Gliederung seiner Arbeit. Als er nach einer halben Stunde wieder verschwand, war Jan nicht schlauer, was seinen Titel betraf. Seufzend ließ er sich im Bürostuhl zurücksinken. Er hatte schon kreativere Tage gelebt.

Das Telefon klingelte. Jan nahm ab.

»Jan? Hallo, ich bin's. Marina.«

»Marina? Heeejjjj…« Er dehnte die Begrüßung fast eine Sekunde lang, so überrascht und erfreut war er, sie zu hören. »Ich hatte gehofft, dass du mal anrufst, wo sich dein Töchterchen bei mir einquartiert hat.«

Am anderen Ende blieb es einen Moment lang still. Dann hörte er einen Ton, den er seit über sieben Jahren nicht mehr gehört hatte, der jedoch zu den ewigen Erinnerungen seiner gescheiterten Beziehung zählte: Marina unterdrückte mit letzter Kraft ein Schluchzen. Jan setzte sich so abrupt auf, dass sein Stuhl nach vorne schnellte und der Kaffee über den Tisch schwappte.

»Dann, dann ist sie also bei dir? O Jan, Gott sei Dank! Ich bin, ich … sie, Lara hat nicht …« Marina schnappte nach Luft. »Jan, ich ruf dich gleich nochmal an, okay?«

Weg war sie. Jan starrte das sich abdunkelnde Display an. Ein brauner Tropfen Flüssigkeit, versetzt mit Kaffeesatzresten, lief über seine Fingerknöchel. Gedankenlos wischte er ihn ab. Gänsehaut kroch seinen Nacken hinauf.

Was war das denn gewesen?

Er schüttelte das Telefon, als ob das es wieder zum Läuten brächte, dabei war er sich völlig sicher, Marina heulte gerade. Sie würde ihn erst anrufen, sobald sie wieder sprechen konnte. Sie hasste es, sich anderen in einer solchen Verfassung zu zeigen: die Nerven blank, verquollene Augen, nahe am Zusammenbruch. Nicht, dass er sie oft so erlebt hatte: Das erste Mal beim Tod einer Freundin, ein zweites Mal, als eine Kundin drohte, sie zu verklagen, und das letzte Mal, als sie beide erkannten, dass sie es nicht miteinander schaffen würden. Und jetzt dieser Anruf.

Lara hatte ihre Mutter nicht informiert, dass sie nach Schweden reisen würde.

Gesprächsbrocken fielen wie Puzzlesteine an ihre Plätze, beziehungsweise vielmehr die Lücken in den Unterhaltungen. All das, was unbeantwortet geblieben war.

Jan sprang auf und fing an, wie ein Tiger in seinem Zimmer auf und ab zu rennen, das Telefon fest in der Hand. Der Doktorand von eben streckte den Kopf zur Tür hinein, eine weitere Frage auf den Lippen. Jan würgte ihn ab. Fünf Minuten vergingen. Jan verrückte die versteinerten Ammoniten auf seiner Fensterbank, eines der Fossilien fiel dabei zu Boden. Bevor er sich bücken konnte, klingelte das Telefon.

»Marina?«

»Ja.« Sie holte tief Luft.

»Was war das gerade? Was ist los?«

»Lara ist letzte Woche verschwunden. Ohne ein Wort zu sagen. Plötzlich war sie nicht mehr erreichbar. Ich…« Ein weiteres tiefes Luftholen. »Oh Gott, Jan, ich habe überall herumtelefoniert. Ich bin die Nachbarschaft abgelaufen. Sie ist einundzwanzig, sie wird bei irgendeinem Typen sein, haben sie gesagt. Den Schlüssel zu ihrer Studentenbude hat sie in den Briefkasten geworfen, als ich nicht da war, mit einer Notiz, sie würde verreisen und sich in ein paar Tagen melden. Seitdem: nichts. Ich wollte schon zur Polizei!«

»Marina, es tut mir leid, das war mir nicht klar. Lara ist seit Freitag bei mir. Sie hat kein Wort gesagt.«

»Seit Freitag?«

»Ich hätte dich anrufen sollen.«

»Ich habe versucht, sie über Handy zu erreichen, aber entweder war es ausgeschaltet oder sie antwortete nicht. Nicht einmal Marie wusste, wohin sie wollte. Geht es ihr gut?«

»Ja.« Kaum hatte er das Wort ausgesprochen, fragte er sich, wie blöd er war.

»Ich hatte solche Angst!«

»Ich ruf sie sofort an und sag ihr, sie soll sich bei dir melden.«

»Warte, Jan! Bitte, da ist noch… Da ist mehr.« Stille.

»Marina?«

»Ich weiß nicht, wie…« Abermals erklang dieser Ton: zu viel Luft in der Stimme; ein Schluchzen, das in der Brust begann und wimmernd auf einen eisernen Willen prallte.

Jan wartete. Seine Faust ballte sich um den Ammoniten. In Deutschland kämpfte Marina mit sich. Er wünschte, er könnte ihr helfen.

»Jan, nachdem ich bei den Nachbarn herumgefragt habe, also am Sonntag kam Petra rüber, von nebenan. Du erinnerst dich?«

»Die Mutter von der kleinen Nadine.«

»Genau die. Naja, so klein ist Nadine auch nicht mehr. Sie ist so alt wie Marie. Sie sind zusammen aufs Gymnasium gegangen. Jedenfalls, Petra, sie sagte, sie hätte Nadine gefragt, ob sie irgendwas von Lara wüsste. Nadine sagte nein, und dann erzählte Petra ihr, dass Lara verschwunden sei. Ich weiß nicht, wie es dann weiterging, aber am Ende sagte Nadine … oh Gott! Sie sagte, vielleicht hätte es mit Paul zu tun. Mit meinem Baby. Sie sagte, Nadine meinte … «

Abermals Stille. Jan hatte ein Bild von Marina vor Augen, wie sie die Schneidezähne in die Unterlippe bohrte. Stehend, in der Küche, wo sie immer telefonierte, weil sie keine schnurlosen Telefone benutzte, wegen der Strahlung, die freie Hand gegen ihren Hinterkopf gepresst, der Oberkörper leicht nach vorne gekrümmt. Dann:

»Nadine sagte, Paul hätte Marie berührt. Vor Jahren. Als sie über das Wochenende Skifahren waren. Er hat … Angeblich hat er sie angefasst, Jan!«

Marina weinte jetzt hemmungslos. Jan stand starr, das Telefon gegen das Ohr gepresst, die Augen auf die Wand mit seinen Büchern gerichtet. Das blaue Auge von Frank Schätzings ›Der Schwarm‹ starrte ihm kalt entgegen.

»Bist du noch da, Jan? Was soll ich jetzt tun?«

»Glaubst du es etwa?«

»Ich weiß es nicht! Nein. Und dann wieder … Ich, ich habe Marie angerufen. Sie ist ausgeflippt. Sie hat mich angeschrien, sie wüsste nicht, wovon ich spreche. Wenn ich Probleme mit Papa hätte, sollte ich das mit ihm regeln. Sie wolle da nicht mit hineingezogen werden.«

Vor Jans Augen standen zwei kleine Mädchen: eines blond, das andere dunkler, beide mit dem vertrauensvollen Blick junger Dackel. Marina, die ihm erzählte, dass Paul aus China zurückkehre. Lara, wie sie ihre Stirn gegen die

Scheibe seines Wohnzimmerfensters presste. Ihr biegsamer Körper gestern im Schwitzkasten, ihr im Schlaf entspanntes Antlitz am Morgen.

»Wenn das wahr wäre: Glaubst du, er hätte auch Lara –«, Jan schluckte, »Paul hätte auch sie begrapscht?«

»Ich weiß es nicht!« Ihre Stimme kippte ins Hysterische. »Jan, ich muss mit Lara reden. Verdammt, ich bekomme in zwei Wochen mein Baby!«

Eine weitere Tochter. Wie genau hatte Lara sich ausgedrückt, als sie ihm erzählte, es würde ein Mädchen werden? Etwas an ihren Worten, ihrem Tonfall hatte ihn irritiert.

Voreilig, Jan, zu voreilig. Du weißt gar nichts.

Marina redete unterdessen weiter. »Lara ist die stabilere von beiden. Mit Marie, du hättest sie am Telefon hören sollen, sie ist vollkommen ausgetickt. Lara muss mir sagen, ob, ob Paul … «

»Ob ihr Vater sie missbraucht hat.« Jans Fingernägel bohrten sich in die Raufasertapete neben der Tür. »Wie willst du sie das fragen, Marina?«

»Wie soll ich das wissen? Ich schaffe es ja nicht einmal, den Gedanken für mich selbst zu formulieren.«

Draußen im Gang näherte sich das Trampeln einer Herde Studenten. Jan nahm seinen Schlüssel und sperrte die Tür von innen ab. Erstauntes Flüstern erklang auf der anderen Seite, aber da er auf Deutsch sprach, sorgte sich Jan nicht darum, belauscht zu werden.

»Hast du selbst mit Nadine geredet?«

»Nein. Petra wollte das nicht. Das kann ich verstehen. Petra – ich meine, weder sie noch Nadine sind verrückt! Und dazu Maries Reaktion!«

»Und Laras Verschwinden.«

»Ja, genau. Das passt so gar nicht zu ihr.«

»Du glaubst es.«

»Ich weiß es nicht. Ja. Ja, wahrscheinlich glaube ich es schon. Irgendwie. Oder teilweise. Ich, ich will die Mädchen da nicht einfach in etwas hineinziehen. Ich kann ihnen das nicht antun. Sie lieben ihren Vater.« Marina erstickte fast an ihren Worten.

Jan war auf einmal schlecht. »Hast du mit Paul gesprochen?«

»Er ist auf Geschäftsreise. Er kommt nicht vor Freitag zurück.«

»Sprich mit ihm zuerst. Und mit Nadine.«

»Was ist mit Lara?«

»Ich pass auf sie auf.«

»Wirst du sie danach fragen?«

»Ich … Keine Ahnung. Soll ich?«

»Ich weiß nicht.«

»Was wirst du tun, wenn es wahr sein sollte?«

»Alles.«

Er wusste, was sie meinte. Marina barg in sich einen Kern, der kompromisslos und unzerstörbar war. Einen Diamanten, wenn auch nicht immer hübsch anzusehen. Zumindest dann nicht, wenn dessen kristalline Härte einen selbst traf, um einen Schlussstrich zu ziehen, wo andere sich überzeugen lassen würden, ein weiteres Mal nachzugeben.

»Marina, ich weiß nicht, was ich sagen soll.«

Ihr Lachen war keines. »Ich auch nicht.«

»Wie weit soll es gegangen sein?«

»Nadine hat von ›Anfassen‹ gesprochen. Sie sagt, Paul wäre zu Marie in die Dusche gekommen. Mehr weiß ich nicht.«

»Kannst du sicher sein, dass das stimmt?«

»Nein, wie sollte ich?«

»Könnte es ein Versehen sein?« Während er auf ihre Antwort wartete, versuchte Jan sich vorzustellen, wie ihm ein solches Versehen unterlief. Sein Blick fiel auf die Fotocollage der Exkursion. Er hatte fast körperlich die Zärtlichkeit gespürt, mit der Lara über das Bild gestrichen hatte, auf dem er aus der Höhle kroch. Er hatte sich gefragt, ob sie ihm damit etwas mitteilen wollte oder ob in dieser Liebkosung einmal mehr die Hingabe an ihre gemeinsame Vergangenheit durchschimmerte. Es hatte ihn einen Moment lang ziemlich durcheinandergebracht.

Das flaue Gefühl in Jans Magen nahm zu.

»Marie war immer etwas labil.« So wie Marina sprach, klang es wie ein Vorschlag. »Ihre Reaktion am Telefon muss nicht bedeuten, dass es wahr ist.«

»Möglich.«

»Sie waren fünfzehn damals, bei dem Skiurlaub. Fünfzehn, Jan!«

Er nahm sein Herumtigern wieder auf. Wenn Marie fünfzehn gewesen war, war Lara siebzehn gewesen. Falls Jan sich nicht irrte, hatte sie zu dieser Zeit bereits ihren Freund gehabt. Das klang beruhigend, oder nicht?

»Jan, solltest du mit Lara sprechen, ruf mich bitte sofort an. Vielleicht redet sie mit dir. Immerhin ist sie von allen Menschen auf der Welt zu dir gekommen. Vielleicht ist ja auch gar nichts an der Geschichte dran, dann kann Lara vielleicht mit Marie reden. Marie hat sofort aufgelegt, als ich nochmals versucht habe, sie anzurufen. Gott, am liebsten würde ich mich in den nächsten Flieger setzen.«

Zwei Wochen noch, erinnerte sich Jan. Theoretisch konnte Marinas Baby jeden Augenblick geboren werden. Welch ein Moment, um ein Kind auf die Welt zu bringen.

»Marina, ich bin kein Psychologe. Und von Frauen habe ich offenbar auch nicht allzu viel Ahnung.«

»Du bist immer super mit den Mädchen zurechtgekommen. Sie vertrauen dir.«

Es hätte ein wärmender Gedanke sein sollen. Jan spürte

einen Felsbrocken in seiner Kehle. »Nadine hat also nichts über Lara gesagt?«

»Nein, da weiß sie von nichts. Aber Nadine war mit Marie befreundet, nicht mit Lara.«

»Wie ist Laras Verhältnis zu Paul?«

Marina zögerte. »Gut, denke ich. Dachte ich. Nicht wirklich nah, aber liebevoll, wenn sie sich einig sind. Normal.«

»Du solltest zuerst mit Paul reden, bevor du mit Lara oder Marie sprichst.«

»Das mache ich. Sobald er da ist. Dann melde ich mich. Am Freitag kommt er zurück. Sollte Lara irgendwie komisch sein oder …«

»Dann rufe ich dich sofort an.«

»Danke, Jan. Es tut mir leid, dass ich dich da hineinziehe.«

»Ich tue alles, was ich kann.«

»Ich weiß. Das hast du immer.«

Sie legte auf. Jan ließ sich in seinen Schreibtischstuhl fallen und stierte blind zum Fenster hinaus.

Zwanzig Minuten später wählte er die Durchwahl zur Institutsverwaltung.

»Und du tust das wirklich nicht nur für mich? Nicht dass das so eine Ich-müsste-etwas-gutmachen-Aktion ist.«

Jan schielte auf die Anzeige der Fähre. Das Schiff lag im Hafen, die Ladeklappe geöffnet, doch noch tat sich nichts. Im Inneren der Fähre gähnte Leere, durch die von Zeit zu Zeit Gestalten in gelben Westen mit reflektierenden Streifen wanderten. »Was müsste ich denn deiner Meinung nach gutmachen?«

»Nichts natürlich! Das meine ich ja, falls du so eine Pflicht von früher verspürst. Das Gefühl dich kümmern zu müssen oder so.« Lara hatte die Schuhe ausgezogen und saß im Schneidersitz auf dem Beifahrersitz, das linke Knie streifte den Kupplungsschalter.

Jan war froh, dass sich ihr Misstrauen gegen ihn und etwaige alte Verpflichtungsgedanken richtete. Im Augenblick fühlte er sich überfordert bei der Vorstellung, was er sagen, fragen sollte, würde das Thema auf ihren Vater oder auf die Tatsache, dass sie weggelaufen war, kommen.

»Nein, ich sagte doch, ich habe ein gemeinsames Projekt mit den Archäologen an der Hochschule von Gotland. Glaub mir, ich kann diese Fahrt voll und ganz absetzen. Geologie ist bezahlter Urlaub, wenn man es richtig anstellt.«

»Und deine Freunde haben nichts dagegen, wenn ich mich ebenfalls bei ihnen einquartiere?«

»Bestimmt nicht. Thomas und Claire sind cool. Übrigens macht Claire die besten Erdbeerrollen der Welt.«

»Na dann!« Lara hüpfte beinahe auf dem Sitz, ihre Skepsis ausgeschaltet. »Ich freu mich jedenfalls, dass du mitkommst, selbst wenn es nur für ein paar Tage ist. Habe ich eigentlich schon erwähnt, dass ich Fährefahren liebe?«

»Ungefähr elfmal.«

Sie ließ das Fenster nach unten und atmete die Hafenluft ein. Der Wind wehte ins Autoinnere und bewegte ihre Haare. Sie schien geradezu gelöst, überhaupt nicht wie ein missbrauchtes Mädchen. Aber was wusste er schon? Er kannte auch Paul. Niemals hätte Jan gedacht, dass Paul so etwas tun könnte. Falls er es denn getan hatte.

»Hast du deiner Mutter Bescheid gegeben, was du vorhast?« Er biss sich auf die Lippen. Dieser Versuch fiel wohl in die Kategorie Sherlock Holmes für Anfänger.

»Ich schicke ihr aus Visby eine SMS. Papa auch, dann wissen sie beide Bescheid. Er ist gerade auf Geschäftsreise.«

Jan räusperte sich. »Paul hat nichts dagegen, dass du hier bist?«

»Papa zahlt Marie und mir jedes Jahr Urlaubsgeld, zumindest solange wir uns damit nicht nur an einen Strand legen.«

»Das ist großzügig.«

»Papa meint, Reisen bildet. Er hat seine Chancen genutzt, ich solle meine nutzen.«

»Klingt fair.«

»Nicht wahr?«

»Und verwöhnt, Prinzessin.«

Sie streckte ihm die Zunge heraus.

»Wirkt es für deinen Vater nicht komisch, wenn du ausgerechnet mich besuchst, und er zahlt auch noch dafür?«

»Habt ihr beide ein Problem miteinander, du und Papa?«

Bis jetzt nicht. Jan trommelte mit den Fingern auf das Lenkrad. Ein LKW fuhr die Rampe hinauf und verschwand im Schiffsbauch.

»Paul und ich waren keine Feinde, aber wir hatten auch nie Lust, uns gegenseitig sonderlich sympathisch zu finden.«

»Kann sein, dass Papa es nicht berauschend findet, wenn ich dich in Schweden besuche«, gab Lara zu. »Aber wen ich besuche, ist meine Sache. Weder mein Vater noch meine Mutter haben darüber zu bestimmen. Du fragst doch auch nicht deine Eltern um Erlaubnis, wenn du wegfährst.«

»Das –« Jan verstummte.

Lara wusste, wozu er angesetzt hatte. »Nein, das ist nichts anderes, Jan. Nicht mehr. Und den Unterschied an Geld festzumachen, ist auch nicht fair, solange ich nicht selbst verdiene.«

Ein selbstbewusster Ton, der Grenzen zog. Zum ersten Mal hielt Lara Jans Blick sogar stand, bis er einlenkte und zugab: »Du hast recht. Tut mir leid, das war ein alter Reflex.«

Die Anzeige schaltete endlich um. Weiter vorne starteten die ersten Ungeduldigen ihre Motoren. Es schien, als würde die Fähre voll werden. Jan drehte den Zündschlüssel im Schloss, erleichtert, weil das Thema für den Moment abgehakt war.

Jan hatte Marinas Anruf Lara gegenüber nicht erwähnt. Seine erste Reaktion nach dem Gespräch bestand darin, Lara nicht aus den Augen zu lassen, Ausschau zu halten nach einer Bewegung, einem Wort, das die Welt an einen klar definierten Platz rückte. Es war wie ein Schielen nach seelischen Behinderungen. Er hasste diese Rolle schon jetzt. Dabei war Lara mit jedem Tag ausgeglichener geworden, unternehmungslustiger. Lag es an der Entfernung zu ihrer Familie, der Ablenkung oder gar an ihm, Jan, selbst? Oder wusste Lara überhaupt nichts von dem, was Nadine Paul vorwarf? Vielleicht war sie genauso ahnungslos wie Marina, Marie das einzige Opfer, so die Vorwürfe denn wahr wären. Vielleicht war Laras Reise nach Stockholm nicht mehr als ein Zufall.

Soweit die Vielleichts. Jan glaubte sie selbst nicht. Er hatte vom ersten Abend an gespürt, dass Lara etwas belastete. Ein Schatten, der immer wieder aufflackerte. Lara war nie eine überzeugende Schauspielerin gewesen. Es war Jans Versäumnis, dass er dem Geheimnis nicht nachgegangen war, nicht vehementer darauf gedrängt hatte, wie er zu der Freude ihres Besuchs kam. Hätte Marina ihn nicht angerufen, hätte er seine Fragen einfach beiseitegeschoben, sich auf die glückliche, vor Leben sprühende Lara konzentriert. Zu sehr, womöglich. Zu sehr wie Paul, flüsterte eine Stimme in ihm.

Lara sprang aus dem Auto, noch bevor er die Handbremse anzog. »Kommst du mit an Deck?«

»Geh du vor, ich komme nach.« Er wusste, dass der Gestank, der Lärm und die Enge des Fähreninneren sie nervös machten, und er selbst brauchte ein paar Minuten, um nachzudenken. Um dieser Stimme in seinem Kopf ihren Schrecken zu nehmen.

Jan beobachtete, wie sich Lara zwischen den Fahrzeugen hindurch zu den Treppen schlängelte. Erst als sie außer Sichtweite war, presste er beide Hände vor die Augen und fluchte aus vollem Herzen.

Als Lara später an Deck ihr Gesicht in den Wind hielt, fühlte sich die Reise nach Schweden fast wie der geplante Urlaub an, den sie Jan vorspielte. Ein paar kurze Stunden lang gelang es Meer und Wind, die Erinnerung an das letzte Telefonat mit Marie vor Laras Abreise mit sich fortzutragen. Sie vergessen zu lassen.

Jan ließ sich lange nicht an Deck blicken. Lara vermutete, dass er arbeitete. Er hatte zuletzt gestresster gewirkt. Sie hatte deswegen aber kein schlechtes Gewissen; sie freute sich nur, dass er sich die paar Tage freigeschaufelt hatte, um sie mit ihr zu verbringen.

Einmal war Lara nahe daran gewesen, Jan zu erzählen, dass sie eigentlich vorgehabt hatte, zu Marie nach England zu fahren, nicht nach Schweden. Um mit ihrer Schwester zu reden, das hieß, endlich wieder richtig zu reden. Ihr ein paar Fragen zu stellen, wie Marie gewisse Dinge sah. Allein konnte, wollte Lara diese Entscheidung, was sie ihrer Mutter zu sagen hatte, nicht treffen. Marie hatte den Braten gerochen und Lara ausgeladen. Sie hätte zu viel zu tun, Praktika, Prüfungen, Portfolioarbeiten und so weiter. Laras Besuch würde ihr jetzt gerade überhaupt nicht passen. Fünf Sekunden später war die Leitung tot gewesen.

Zu viele Informationen für Jan, aber sie hätte ihm ja

nicht alles erzählen müssen, dachte Lara. Es hätte gereicht zu sagen, sie sei nach Schweden gereist, weil sich ihr ursprünglicher Plan mit einem Besuch in England in Luft aufgelöst hatte. Marie hätte keine Zeit. Vielleicht war das ja sogar die Wahrheit?

Sie konnte sich selbst nicht gut belügen.

Lara schaute sich nach Jan um, sich auf einmal seiner Nähe gewiss. Der Fahrtwind peitschte ihr Haar über Schläfen und Lider, aber da stand er tatsächlich, ein paar Schritte entfernt und beobachtete sie mit einer Intensität, die sie nie zuvor bei ihm erlebt hatte. Laras Herz begann, laut in ihren Ohren zu klopfen.

Einen Moment später trat Jan neben sie. Lara hätte sich gerne an ihn gelehnt, doch er zog die Schultern hoch und vergrub die Hände in den Jackentaschen. Er nickte nach vorne, nach Osten, wo sich Land am Horizont abzeichnete.

»Gotland. Schwedens Sonneninsel.«

Vielleicht lag es am Wind, aber seine Stimme klang ungewöhnlich rau.

Jans Freunde, Thomas und Claire, bewohnten ein hinter blühenden Kübelpflanzen und Rosenstöcken verstecktes Häuschen am Rande von Visbys Altstadt. Ihre Kinder waren ausgezogen, das oberste Geschoss mit zwei winzigen Zimmern und einem Bad stand leer. Jan hatte im Winter eine Woche lang hier gewohnt, während er ein Blockseminar über holozäne Landhebung an der Hochschule in Visby veranstaltet hatte. Damals hatte er Åsa kennengelernt, die nach Gotland gekommen war, um eine Exkursion für ihre Geografie-Studenten vorzubereiten. Thomas hatte sie ihm vorgestellt, nicht ohne Hintergedanken, wie Jan vermutete.

Åsa hatte seit der Episode am Montag auf Djurgården kein weiteres Mal versucht, ihn zu erreichen. Jan rief ebenfalls nicht an. Was hätte er ihr denn sagen sollen? »Nein, Åsa, da ist nichts zwischen mir und der jungen hübschen Blondine. Ich fahre nur mit ihr nach Gotland für ein paar Tage. (…) Ja, ich finde sie schon attraktiv, welcher Mann würde das nicht? (…) Ich meine, ich würde nicht (…) Nein, ich hege keine verkappten Vatergefühle für sie. Was das dann alles soll? Verdammt, Åsa, ich muss herausfinden, ob sie von ihrem Vater missbraucht wurde! (…) Ja, du hast richtig gehört. Du musst dich nicht entschuldigen, das konntest du natürlich nicht wissen. Ich komme am Samstagabend zurück, aber ehrlich, Åsa, als ich festgestellt habe, dass ich gar keine Lust hatte, dir hinterherzurennen, da wurde mir klar, dass mein Herz offenbar nicht an dir hängt.«

Er war sowieso der Arsch. Warum es kompliziert machen?

Lara hatte den Braten selbstverständlich gerochen. Sie hatte jedoch nichts gesagt, glücklicherweise. Für den Moment war es Jan nur recht, dass Lara, falls sie sein Verhalten als distanzierter empfand, es auf das Åsa-Desaster schieben würde.

Thomas und seine aus Marseille stammende Frau Claire waren die jüngsten Mittfünfziger, die Jan kannte. Auf sein Klingeln hin flog stürmisch die Tür auf, Claire wirbelte ihm Küsse auf die Wangen, während Thomas sie fast aus dem Eingang drängte, um Jan in eine unschwedisch feste Umarmung zu ziehen. Jan stellte Lara vor, welche die Nettigkeiten ihrer Gastgeber im gebrochenen Schwedisch zu erwidern versuchte, woraufhin Claire sofort versicherte, wie hervorragend Laras Schwedisch sei und ob sie nicht auch Französisch spräche.

Claire zog Lara den Rucksack von den Schultern, drückte ihr ein paar warme Socken in die Hand und bugsierte sie in die aufgeräumte Küche. Jan war bald mit Thomas in ein lebhaftes Gespräch über Sedimente und geologische Wunder verwickelt, wenn Lara die wenigen Brocken, die sie verstand, richtig interpretierte. Sie kam sich vor wie eine in Familienfeierlichkeiten platzende Fremde.

Claire war eine zierliche Frau mit braunen Haaren, die ihr Grau nicht verbarg, und einem Strahlenkranz aus Fältchen um die dunklen Augen. Lara bekam Leitungswasser mit Zitronenscheiben darin, dazu zauberte Claire Käsewürfel und Obstsalat aus dem Kühlschrank. Jan hatte sich mit einem Bier in der Rechten gegen die Anrichte gelehnt und lauschte Thomas' Schilderungen irgendwelcher archäologischer Fundstellen. Lara beobachtete, wie Claire ihn lächelnd in Augenschein nahm. Nach ein paar Sekunden wandte sie sich wieder Lara zu, um Sorge zu tragen, dass ihr Gast sich ja bediente.

»Jan meinte, das wäre dein erster Besuch auf Gotland.« Claire und Lara hatten sich unausgesprochen auf Englisch geeinigt. »Der beste Ort in Schweden. Zumindest für jemanden aus Marseille: Sonne, mildes Klima, sogar Wein!« Claire lachte, und Lara fiel mit ein.

Claire zählte auf, was Lara sich während ihres Aufenthalts auf Gotland unbedingt anschauen sollte. Für Laras Geschmack waren ein paar archäologische Ausgrabungen zu viel darunter, doch sie nickte zu allem. Sie spürte, dass Jans Blick immer wieder kurz auf ihr ruhte, aber Claire machte es ihr leicht, sich wohlzufühlen, und so signalisierte sie Jan mit den Augen, dass er sich nicht um sie zu kümmern brauchte. Sie wusste nicht, ob er verstand, was sie meinte, immerhin prostete er ihr zu.

Claire lehnte sich zurück und verschränkte die Arme vor der Brust. Sie hörte nicht auf zu reden, doch eine Unze Schärfe trat in ihren Blick. »Dann bist du nach Stockholm gekommen, um Jan zu besuchen?«

Jan nutzte diesen Moment, um sich von der Anrichte zu lösen und sich neben Lara zu setzen. Thomas berichtete noch immer von seiner Fundstelle.

»Wenn man schon mal einen Schweden kennt«, murmelte Lara.

»Jan sagt, du warst die Überraschung des Jahres.«

Lara spürte, wie Hitze ihre Ohren zum Glühen brachte. Sie hatte sich vorher keine Gedanken darüber gemacht, ob es komisch wäre, den Exfreund der Mutter zu besuchen. Erst später war ihr aufgegangen, wie wenig Gedanken sie an Jan und dessen Lebenssituation verschwendet hatte. Sie hatte nur an sich gedacht und an Jan wie an einen vertrauten Teil ihres früheren Lebens. Nicht an ihn als … Mann.

Wahrscheinlich hätte sie selbst seiner Freundin an dem Nachmittag auf Djurgården, als Åsa sie und Jan auf den Steinen überrascht hatte, die Situation erklären sollen. Weshalb der Eindruck täuschte. Das tat er doch, oder?

Lara merkte, dass sie auf Jans Hände starrte, die vor ihr auf dem Tisch lagen. Es war bestimmt nicht ratsam, sich in den Exfreund der eigenen Mutter zu verlieben.

Claire war ihrem Blick gefolgt und sagte etwas rasend Schnelles und Leises auf Französisch zu ihrem Mann. Thomas zuckte die Achseln.

»Wir haben ein Zimmer unter dem Dach für Lara vorbereitet«, erklärte er. »Das andere Kinderzimmer tapezieren wir gerade, deshalb wirst du wohl im Wohnzimmer schlafen müssen, Jan.«

»Alles, was nahe an Claires Kühlschrank liegt, geht in Ordnung. Was gibt es heute Abend?«

»Ratatouille.«

»Ist das etwa das Ende meiner Tage mit Hotdog, Brot und Zimtschnecken?«, spottete Lara.

Jan umfasste ihre Taille mit Daumen und Zeigefinger

und zwickte sie sanft. »He junge Dame, mach mich nicht schlechter als ich bin. Ich kann kochen. Ich wollte meinem Gast bloß die schwedische Lebensart nahebringen.«

Sie lachte und griff nach der Stelle, wo seine Finger in ihre Haut kniffen. Daraufhin zog Jan überhastet seine Hand zurück.

»Ich hole das Gepäck aus dem Auto!«, kündigte er an und sprang auf.

Lara starrte ihm nach. Das war nie zuvor geschehen.

Am Donnerstagvormittag brütete Jan mit Thomas in dessen Büro an der Hochschule von Visby über Messergebnissen, Profilzeichnungen und Sedimentproben. Mittags erreichte ihn ein Anruf von Marina. Lara hätte ihr endlich eine Nachricht geschickt, in der sie ihr ausrichtete, dass sie mit Jan auf Gotland sei und es ihr gutginge. Marina wäre nicht zuhause gewesen, als sie den Schlüssel zu ihrer Studentenbude vorbeigebracht hatte, aber sie hätte die Reise ganz spontan entschieden.

»Sie hätte dich anrufen sollen«, sagte Jan und ärgerte sich über die Generation, die meinte, alles mit einer WhatsApp erledigen zu können.

»Ehrlich gesagt war ich froh, dass ich nicht darüber reden musste, wie es mir geht. Das Baby, ich schlafe kaum noch und ich habe Angst ... « Marinas Stimme erstarb. Jan hörte sie ein paar Mal tief durchatmen. »Paul landet Freitagabend in München. Danach melde ich mich. Kann jedoch spät werden.«

»Ich lasse das Telefon Tag und Nacht an.«

»Solltest du vorher mit Lara reden: Jan, ich wollte damit nicht sagen, dass ich es nicht hören will.«

»Ich weiß. Ich melde mich sofort.«

Nach dem Mittagessen fuhren Jan und Thomas zu

dessen Ausgrabung. Sie nahmen die Frauen mit, denn der jungsteinzeitliche Fundplatz lag an der Küste inmitten von Wanderwegen und Bademöglichkeiten, die zum Vergessen einluden. Nach ein paar Stunden Graben unter der strengen Anleitung des Grabungstechnikers hatten sich Laras helles Top und Fingernägel wie bei einem richtigen Archäologen erdig eingefärbt, doch sie scharrte begeistert weiter mit Spatel, Handschaufel und Pinsel im Dreck. Gegen Abend entschieden sie, mit der ganzen Grabungsmannschaft zu grillen, woraufhin Claire losfuhr, um Grillgut, Salate und Brot zu kaufen.

Ein paar Stunden später hatte Lara eine belgische Austauschstudentin aufgetan, die Lara einlud, am Wochenende mit ihr und einer Freundin eine Tour rund um die Insel zu starten. Sie hätte ein Auto organisiert, das Zelt sei zwar nur für zwei Personen, aber Lara könne ja im Auto oder draußen schlafen.

Jan war hin- und hergerissen, was er davon halten sollte. Einerseits gefiel ihm Laras Freude über die Gelegenheit und dass sie so leicht Anschluss fand – glücklicherweise mit Mädchen, keinen Jungs, wie er sich selbst eingestand. Am liebsten hätte er Lara jedoch in seiner Nähe behalten, sie nicht aus den Augen gelassen, bis er sicher sein konnte, dass Lara unbeschadet war.

Gott, dachte er, *unbeschadet.* Was für ein Wort.

Jan hasste die Rolle des übervorsichtigen Onkels schon jetzt. Sollte er bloß noch nach dem Kaputten in Lara suchen, ihre geistige Gesundheit Gegenstand pausenloser Evaluation? Er verabscheute diese Zweifel. Wenn er weiter so über Lara nachdachte, würde er am Ende alles Vertrauen, was sie in ihn hatte, gründlicher zerstören, als wenn er sie direkt mit Nadines Aussage zu Pauls Übergriffen konfrontierte.

Er überlegte, ob er einen Gegenvorschlag machen sollte,

dass er und Lara zusammen die Insel erkunden könnten. Doch am Montag wartete in Stockholm eine Prüfungswoche auf ihn. Er konnte sich unmöglich länger freinehmen.

»Wie lange wollt ihr unterwegs sein?«

»Keine Ahnung, je nach Wetter. Vielleicht bis Freitag.« Sie hatten die Rückfahrt angetreten. Lara teilte sich mit Claire die Rücksitzbank und beugte sich vor, bis Jan am Steuer ihren Atem an seinem Ohr spüren konnte. »Dann wäre ich am Wochenende zurück in Stockholm.«

Jan murmelte, er würde sie von der Fähre abholen.

»Hat dir das Graben heute Spaß gemacht?«, fragte Claire.

»Ja, sehr. Ich habe schon überlegt, ob ich vielleicht auf Anthropologie umsatteln sollte.«

Jan, der am Steuer saß, deutete mit dem Kinn auf Thomas. »Frag ihn mal, wie viel Spaß Graben noch macht, wenn es zwei Wochen dauerregnet und die Feuchtigkeit aus dem Boden in deine Knochen kriecht.«

Thomas drehte sich zu Lara um. »Unsere indianische Lordschaft hier ist ein Schönwetter-Geologe«, erklärte er. »Du bist dir sicher, dass du Medizin aufgeben willst?«

»Mal sehen.« Gotlands Landschaft flog an Laras Fenster vorbei, in der Ferne schimmerte das Meer: sattes Grün und spiegelndes Blau. Sie hielt ihr Gesicht in den Fahrtwind, der durch das offene Fenster hereinwehte. »Vielleicht lege ich erst einmal ein Jahr im Ausland ein, bevor ich endgültig entscheide.«

»Denkst du an Stockholm?«, wollte Claire wissen.

»Ja.« Lara lehnte die Schläfe gegen Jans Kopfstütze, keine fünfzehn Zentimeter von seinem Ohr entfernt. Jan drehte sich kurz nach ihr um, dann konzentrierte er sich wieder auf die Straße. Im Rückspiegel hielt Claire einen Moment lang seinen Blick fest. Jan fühlte sich ertappt.

Den restlichen Abend überlegte er, ob er Claire einweihen, sie um Rat bitten sollte. Es war verlockend, die

Verantwortung mit jemanden zu teilen. Allerdings würde Claire womöglich Thomas' Schwester zu Rate ziehen, eine Psychologin, die Jan gefressen hatte, seit sie einmal einen ganzen Abend damit verbracht hatte, ihm seine mangelnde Beziehungskompetenz darzulegen, eine Analyse, die aus irgendeinem Grund den Anfang darin nahm, wie er seine Spaghetti aß. Jan dagegen war insgeheim der Meinung, dass die Psychoschwester und ihr Mann eine Ehe führten, die auf gegenseitigen Schuldvorwürfen basierte. Jedenfalls würde er dieser Determinismus-Tante gegenüber Lara nicht einmal im Ansatz erwähnen. Abgesehen davon, dass Marina ihm den Hals umdrehen würde.

Die Nacht über schlief er kaum. Ob es am Kaffee lag oder am Gedankenchaos, wann, wie und ob überhaupt er Lara auf Paul ansprechen sollte, Jan wälzte sich bis zwei Uhr früh von einer Seite zur anderen, bis er aufgab und sein Notebook startete. Nach einer halben Stunde Minesweeper hörte er, wie über ihm ein Fenster geschlossen wurde; offenbar war er nicht der einzige mit Schlafproblemen. Kurz darauf knarrte die hölzerne Treppe. Jan klappte den Deckel des Notebooks nach unten. Das Leuchten des Bildschirms erlosch; der Raum glitt in Dunkelheit. Die Milchglastür vom Wohnzimmer ließ den Lichtschein aus der Küche durch; Jan erkannte die Umrisse von Laras zierlicher Gestalt. Eine Schranktür klapperte, danach rauschte der Leitungshahn. Das Licht in der Küche wurde ausgeschaltet, gedämpfte Schritte, die vor seiner Glastür stockten. Dann das Tappen barfüßiger Schritte auf der Treppe.

Jan ließ sich zurück auf die Couch fallen und verschränkte die Arme hinter dem Kopf. Die Sonne schob sich über die Dächer, bis er endlich einnickte.

Als Thomas und Jan am Freitagnachmittag von der Hochschule nach Hause kamen, hatte Claire Spinatlasagne vorbereitet. Sie hatte auf der Terrasse gedeckt, für drei. Auf dem mit Wiesenblumen angerichteten Tisch wartete eine offene Flasche Wein.

»Wo ist Lara?«, fragte Jan, während er sich in einen gepolsterten Plastikstuhl fallen ließ. Es war sein letzter Abend auf Gotland und er hatte noch immer keine Ahnung, ob und wie er Lara gegenüber das Thema väterlicher Missbrauch aufgreifen sollte.

»Lara ist mit dem Grabungsteam von gestern zum Open-Air-Konzert gegangen. Ich habe ihr gesagt, dass wir uns dort mit ihr treffen würden.«

Jan schaute auf die Uhr. Es war Freitagabend. In Deutschland kehrte Paul von seiner Geschäftsreise zurück. Jan fragte sich, wann Marina anrufen würde, um ihm von ihrem Gespräch zu erzählen. Keinesfalls vor zehn Uhr, entschied er. Frühestens.

Thomas schenkte Wein ein. »Übrigens habe ich heute mit Åsa telefoniert«, berichtete er, einen Tropfen Rotwein mit dem Daumen auffangend. »Man hat ihr in Uppsala eine Festanstellung angeboten.«

Jan schwenkte sein Weinglas. »Es gab ziemlich viel Konkurrenz um die Stelle; sie glaubte nicht wirklich, eine Chance zu haben. Schön, dass es geklappt hat.«

»Sie wusste gar nichts von deinem spontanen Ausflug hierher.«

»Mmh.«

»Sie hat mich außerdem gefragt, ob die Tochter deiner Exfreundin mitgekommen wäre.«

»Ich habe ihr gesagt, dass das alles ziemlich überraschend kam. Wir haben am Freitag telefoniert.«

»Vor einer Woche?«

Jan verstand sehr wohl, was Claire zwischen den Zeilen

las: Ihr habt Schluss gemacht. Nun, faktisch stimmte das wohl.

Jan beugte sich vor und gab Claire einen Kuss auf die Wange. »Irgendwann fange ich etwas mit einer Französin an, versprochen!«

Thomas gluckste, woraufhin ihm seine Frau unter dem Tisch gegen das Schienbein trat. »Hauptsache du weißt, was du tust.«

Jan hoffte dasselbe.

Gegen halb acht verließen sie das Haus und schlenderten durch die verwinkelten Straßen Visbys bis zur Wehrmauer. Üppige Rosensträucher in Rot, Weiß und Rosa beugten sich zu ihnen herab. Über den Hausdächern reckten sich die Turmhauben des Doms in den Himmel. Die Luft schmeckte nach Sommer; in den Händen der Spaziergänger schmolz Eis.

Das Festival war kostenlos, die Bühne machte einen zusammengeschachtelten Eindruck, das Publikum verteilte sich auf Decken und Klappstühlen. Einige lasen in Zeitungen. Nur eine kleine Gruppe junger Leute stand direkt vor der Bühne und applaudierte, sobald der Gitarrist sein Instrument gestimmt hatte und die ersten Akkorde über die Menge hallten.

Kaum betraten sie den Rasen, löste sich aus der Ansammlung vor der Bühne ein mit einem hellblauen Tuch bedeckter Kopf und joggte an Picknickern und Federball spielenden Kindern vorbei auf Jan, Claire und Thomas zu.

»Ich wollte gerade gehen«, begrüßte Lara sie vorwurfsvoll. »Ich dachte schon, ihr kommt nicht mehr.«

»Sind wir zu spät?«

»Das ist jetzt eine neue Band. Die vorher war besser, glaube ich, aber da habt ihr auch nicht viel verpasst.« Trotz ihrer Kritik zuckten Laras Knie verdächtig. Was jetzt an

Metal aus den Lautsprechern dröhnte, klang gar nicht einmal so übel. Die Band schien ihren Rhythmus zu finden, aber Claire und Thomas sahen nicht überzeugt aus.

»Das harte Zeug ist nicht so meines«, behauptete Claire.

»Wir können auch nach Hause gehen. Ich verabschiede mich nur schnell.« Und fort war sie. Auf dem Weg zurück zu ihrer Gruppe erfasste die Musik sie, und im Laufen begann ihr Körper, sich rhythmisch nach unten zu bewegen. Eine Welle, die an ihren Schultern startete und sich von dort bis tief in die Knie und wieder zurück schlängelte, Hüfte, Brust und Arme im aufreizenden Dreiklang verbunden. Keine Art Tanz, den Fünfzehnjährige in der Tanzschule lernten.

Thomas pfiff anerkennend durch die Zähne. »Sexy. Wie alt ist sie? Vierundzwanzig?«

»Einundzwanzig.«

»Sie wirkt älter.«

»Ja.« Es klang selbst in Jans Ohren wie eine Ausrede. In der Gruppe, von der Lara sich verabschiedete, machte er die Belgierin aus. Ein Typ – ebenfalls einer der Grabungsstudenten des vorigen Tags – umarmte Lara zum Abschied. Sie legte eine Hand auf seinen Oberarm, schien jedoch zu Jans Erleichterung mehr von den Worten einer anderen Frau abgelenkt, die etwas in Laras Ohr flüsterte und dabei auf Jan, Claire und Thomas deutete.

»Ist das dein Exstiefvater?«, fragte die Doktorandin. Lara hatte ihren Namen schon wieder vergessen.

»Meine Mutter und Jan waren nicht verheiratet.«

»Dann ist er ledig?«

Lara dachte an das Debakel mit Åsa und verneinte trotzdem. Jan habe eine Freundin.

Der Jägerinnenausdruck in den Augen der Älteren verflüchtigte sich nicht. »Würdest du mich ihm vorstellen?«

»Ich wüsste nicht, wozu!«

Die Doktorandin zog die Augenbrauen hoch. »Jaså. Kleines Papa-Syndrom oder was?«

Lara brauchte all ihre Kraft, um der anderen nicht eine zu langen.

Lara blieb den ganzen Rückweg über schweigsam, doch als sie zu Hause waren, fragte sie Jan, ob sie sich mit einem Glas Wein auf die Terrasse setzen wollten, immerhin wäre es ihr letzter gemeinsamer Abend in Visby. Jan behauptete, er müsse noch einen Aufsatz lesen, außerdem hätte er Schlaf nachzuholen. Laras Miene zeigte ihre Enttäuschung, während Jan ins Wohnzimmer floh und die Tür hinter sich schloss. Auch Claire und Thomas gingen zu Bett, daher blieb Lara nichts anderes übrig, als sich ebenfalls zurückzuziehen.

Unten lauschte Jan auf die letzte Klospülung und das Schließen einer Tür. Er hatte sein Handy auf leise gestellt und sich mit dem Rücken gegen die Wand gesetzt. Er vergewisserte sich, dass er von seiner Position aus durch das Milchglas die Treppe im Auge behalten konnte, nur für den Fall. Bei dem folgenden Gespräch würde es ihm gewiss nicht passieren, dass eine herumschleichende Lara ihn belauschte.

Er wartete eine ganze Stunde lang. Um Viertel nach elf erwachte das Display schließlich zum Leben. Jan antwortete sofort.

»Marina, endlich! Wo bist du?«

»Im Garten. Paul ist unter der Dusche.«

»Habt ihr gesprochen?«

»Er behauptet, da sei nie etwas in der Art gewesen. Er wisse nicht, woher Nadine ihre Hirngespinste nehme.«

»Glaubst du ihm?«

»Ich weiß nicht.«

Jan presste seinen Hinterkopf gegen die Wand. »Glaubt er sich?«

»Möglich. Ich meine, so kann er doch nicht lügen!«

»Wie hat er reagiert?«

»Das war nicht gerade der Höhepunkt unserer Ehe. Unserer Ehen.«

»Was ist mit Marie?«

»Sie hat mich gestern angerufen, um mich nach meinem Apfelkuchenrezept zu fragen. Sie war völlig überdreht; ich bin kaum zu Wort gekommen. Sie hat von einer Seminararbeit erzählt, als sei nichts geschehen. Ich komm einfach nicht an sie heran. Wie geht es Lara?«

»Wenn ich von nichts wüsste, würde ich sagen: normal. Ich muss morgen zurück nach Stockholm, aber Lara bleibt länger. Sie hat ein paar Studentinnen aufgetan, mit denen will sie sich Gotland anschauen.«

»Dann ist sie die nächsten Tage nicht bei dir?« Marina klang nicht erfreut.

Jan räusperte sich. »Ich glaube, es tut ihr gut, wenn sie mit anderen Mädels herumzieht und Spaß hat. Es ist … besser.« In diesem Moment war er froh, dass Marina, die sonst ein Gespür für Untertöne hatte, ihren Geist auf andere Probleme gerichtet hatte.

»Dann hast du also nicht mit ihr geredet?«

»Noch nicht. Ich dachte, ich warte ab, bis du mit Paul gesprochen hast.«

»Am Sonntag ist Paul bei seiner Mutter. Dann werde ich Lara anrufen.« Marina verstummte. Lauschte. »Ich muss gleich auflegen.«

»Verstehe. Aber Marina, willst du nicht warten, bis sie zurückkommt?«

»Jan, ich muss es wissen! Ich flippe hier aus!« Dann, geflüstert: »Bitte hilf mir. Ich trage gerade ein bisschen zu viel … «

Jan ballte die Faust um sein Telefon und versuchte sich zu erinnern, ob Marina jemals zuvor ihm gegenüber zugeben hatte, am Ende ihrer Kräfte zu sein. Er nickte, als ob sie das sehen könnte. »Hast du nochmals mit Nadine oder Petra gesprochen?«

»Mit Petra. Sie hat versichert, Nadine wüsste nicht mehr, als sie mir erzählt hat. Shit, ich muss aufhören. Ich melde mich!«

Sie legte abrupt auf. Wahrscheinlich war Paul aus der Dusche gestiegen. Das Display fiel zurück in Standby, und Jan stand allein in der Dunkelheit des Wohnzimmers.

Zwei Stockwerke höher lehnte Lara an der Balustrade des Balkons, der von ihrem Zimmer in den Garten ging, und sog die milde Nachtluft ein. Eben hatte sie geglaubt, Jans Stimme zu hören, ein gedämpftes Murmeln, das durch das Holz und die Teppiche des Hauses drang, dabei unverständlich blieb, selbst als sie die Tür einen Spaltbreit öffnete.

Versuchte er, mit Åsa alles wieder ins Reine zu bringen? Das würde erklären, wieso er sich so abrupt zurückgezogen hatte. Er berührte sie auch nicht mehr so oft und schon gar nicht mit jener Selbstverständlichkeit, wie er das an den ersten Tagen getan hatte. Lara wusste nicht, wie sie das interpretieren sollte. Merkte er, dass sich etwas verändert hatte, wie sie ihn betrachtete? Fürchtete er, sie irgendwie zu ermuntern?

»Scheiße!«, flüsterte Lara in die Nacht.

Ein Fauchkonzert antwortete auf ihren Kraftausdruck, Rascheln zwischen den Bäumen, weiteres Geschrei. Für einen Moment fluoreszierte das Licht einer Lampe in Raubtieraugen. Ein Schemen sauste über den Rasen, ein weiterer jagte hinterdrein. Vielleicht hatte die eine Katze eine Grenze überschritten, sinnierte Lara. Oder wussten die Katzen gar nicht genau, wo die Grenzen verliefen, verteidigten diese aber trotzdem umso wilder?

Ob Jan mit ihrer Mutter gesprochen hatte? Es würde sie nicht wundern, wenn Marina ihn angerufen hätte. Sie hatte sich bestimmt gesorgt. Lara hätte eigentlich ein schlechtes Gewissen haben müssen; sie hatte ihre Mutter noch nie im Ungewissen darüber gelassen, wo sie steckte, doch für Schuldgefühle fehlte ihr die Energie. Sie hoffte nur, dass Marinas ausgebliebener Wutanfall kein böses Zeichen war, weil ihre Mutter in den letzten Wochen der Schwangerschaft zu kraftlos wurde, um sich über ihre älteste Tochter in einem Maße aufzuregen, wie diese es verdiente. Lara wollte eine gesunde Schwester und eine gesunde Mutter. Sie wollte, dass es ihnen gutging. So wie es ihr gutging, hier in Schweden, weit weg von allem und mit anderen Menschen um sich, über die sie nachdenken konnte.

Sie lauschte ins Haus hinein. Jans Stimme war verstummt. Die Katzen ebenfalls.

Jans Fähre zurück zum Festland legte kurz nach halb neun am nächsten Morgen ab. Der Fährhafen lag in der Stadt, so hatte Lara beschlossen, ihn dort zu verabschieden und danach in der Altstadt zu frühstücken. Jan vermutete, dass es ihr unangenehm war, ohne ihn Thomas' und Claires Gastfreundschaft zu strapazieren, doch zumindest gab ihm das die Gelegenheit, ein paar Augenblicke allein mit ihr zu verbringen. Marinas »Bitte hilf mir!« hatte ihn die halbe Nacht schlaflos herumgeworfen.

Sie standen auf dem Parkplatz der Fähre vor dem Checkin. Obwohl spät dran, hatte das Beladen der Fähre mit PKWs noch nicht begonnen. Es schien nicht so, als würden sie pünktlich ablegen.

Lara reichte Jan eine Papiertüte mit zwei Zimtschnecken. »Wo kommen die denn her?«

»Die habe ich geholt, während der Herr sich im Bad ausgetobt hat.«

Sie musste früh aufgestanden sein, denn ihr Haar verströmte Shampooduft. Sie waren ausgestiegen und lehnten gegen das Heck des Kombis. Eine Weile kauten sie schweigend, Zucker und Zimtfüllung von den Fingern schleckend. Jan schluckte den letzten Bissen seiner Kanelbulle hinunter, bevor Lara die Hälfte von ihrer gegessen hatte. Er wischte sich die Finger an den Resten der Papiertüte sauber, knüllte diese zusammen und lief ein paar Schritte zum nächsten Mülleimer. Dann lehnte er sich wieder neben Lara an das Auto. Bewusst vermied er es, ihren Ellenbogen zu berühren. Ein Spatz hüpfte heran und legte den Kopf schief. Der kleine Vogel blieb auf Abstand, seine Aufmerksamkeit auf Laras Zimtschnecke und die herabrieselnden Krümel geheftet.

Jan holte Luft. »Deine Mutter hat mich angerufen.«

»Ja?« Hingemümmelt mit vollem Mund.

»Sie macht sich Sorgen.«

»Weil ich nach Schweden in Urlaub gefahren bin?«

»Weil du so überstürzt abgehauen bist.«

»Es war eine spontane Idee. Was erwartet sie von einer, die gerade die Uni schmeißt? Dass ich Lust auf mütterliche Diskussionen habe?«

»Ist das die Reihenfolge? Uni schmeißen und abhauen? Oder abhauen und Uni schmeißen?«

»Es ging nicht um ›Abhauen‹. Ich hatte … andere Pläne. Die haben sich zerschlagen, deshalb habe ich spontan umgeplant.«

»Weshalb konntest du Marina nicht einfach Bescheid geben?«

»Ich habe meinen Schlüssel vorbeigebracht.«

»Du hast ihn in den Briefkasten geworfen, als Marina nicht da war.«

»Genau. Sie war nicht da.« Genervt warf Lara die Arme in die Höhe. »Okay, du hast recht: Ich hätte mich melden sollen.«

»Du hast sie tagelang im Ungewissen gelassen. Verdammt, Lara, sie hat mich am Dienstag völlig fertig angerufen!«

»Ich wollte Marie besuchen. Aber Marie sagte, sie hätte keine Zeit. Da stand ich schon am Bahnhof.«

In der Tickethalle hatte sie gestanden, mit ihren Rucksäcken und dem Interrail-Pass. Sie hatte dermaßen gezittert, dass eine Dame von der Bahnhofsmission wissen wollte, ob es ihr gutginge. Sie hatte kaum antworten können. Sie hatte nur einen einzigen Gedanken gedacht: *Ich will nicht zurück!* Denn wenn sie jetzt umkehrte, nach Hause fuhr, würde sie mit ihrer Mutter sprechen müssen.

Lara hatte Marie geschrieben, sie würde den Zug Richtung Hamburg nehmen. Sie hatte gehofft, Marie würde es sich anders überlegen. Dass sie ihr sagte, sie solle doch kommen. Aber bis Hamburg hatte sie nichts von ihrer Schwester gehört. Am Nachbargleis wartete ein Zug in Richtung Kopenhagen. Lara hatte eine weitere Nachricht geschickt:

– *Letzte Möglichkeit, Schwesterchen: Noch kann ich auf die Insel abbiegen.*

Von Marie kam keine Antwort.

»Marie, also ich dachte, sie würde Mama Bescheid sagen. Dass ich in Urlaub gefahren bin. Mama sollte sich keine Sorgen machen.«

»Weshalb hast du nicht einfach direkt mit deiner Mutter gesprochen? Wieso hast du nicht auf ihre Nachrichten reagiert?«

Alles vernünftige Fragen. Auf die sie keine Antwort

hatte, weil es immer schwerer wurde, mit jenen zu sprechen, die sie liebte. Weil jedes Wort andere nach sich zog, die ihre Leben einreißen und sie unter sich begraben würden.

»Lara, wenn es etwas gibt, bitte rede mit mir!«

»Es war ein Missverständnis, okay? Zwischen Marie und mir. Ich melde mich bei Mama.«

Jan schloss kurz die Augen. Dann sagte er: »Tust du das alles, um eine Entscheidung herbeizuführen? Willst du auf diese Art erzwingen, dass etwas passiert?« Er krümmte sich unter den Worten. Dafür bekam er keinen Preis in psychologischer Gesprächsführung.

Lara biss bedächtig ein weiteres Stück Zimtschnecke ab, scheinbar ganz auf das Essen konzentriert. Stein für Stein baute sie eine Mauer um sich empor, bis nicht einmal mehr ein Gott ihre Gefühle hätte lesen können, am wenigsten sie selbst. Sie wartete, schwieg und kaute mit gesenkten Lidern.

Jan stieß hervor: »Nadine hat deiner Mutter erzählt, dass Paul Marie berührt hätte. Angefasst.« *Missbraucht.* Er sagte es nicht.

Die Zimtschnecke krümmte sich unter Laras Faust. Nadine. Nadine hatte das Tabu gebrochen, mit Marina gesprochen. Nicht Marie.

Was glaubte Nadine erklären zu können?

Die ersten Autos fuhren auf die Fähre.

»Verstehe. Bist du deshalb mein Aufpasser?«

»Lenk nicht ab, Lara!«

Verstand er nicht, weshalb die Frage, warum er an ihrer Seite stand, wichtig war? Lara schluckte das letzte Stück Zimtschnecke hinunter und wischte sich die Brösel aus der Hand. Der Spatz hüpfte vor und zurück. Er traute sich nicht näher an die beiden Zweibeiner heran, trotz der verlockenden Krümel um ihre Schuhe. Lara löste sich vom

Kofferraum und machte ein paar Schritte zur Seite. Sie beobachtete den Spatzen.

»Ich verstehe, dass du nicht darüber sprechen willst, Lara. Ich will dir nicht wehtun, aber ich kann nicht länger so tun, als stünde dies nicht im Raum.«

Sie fingierte ein Lächeln. Die erste Spur der wartenden PKWs hatte sich geleert, Fußgänger zeigten sich an Deck der Fähre.

Jan gab sich einen Ruck und bohrte weiter: »Deine Schwester wird bald geboren werden.«

»Geht es Mama gut?«

»Sie ist stark.«

»Was ist mit Marie?«

»Deine Mutter hat sie angerufen, nachdem sie mit Nadine gesprochen hat.«

Laras Züge, erstaunlich unbeteiligt bis dahin, zerfielen. Sie drehte sich fort von ihm. Ein Laut entrang sich ihrer Kehle, als hätte sie einen Schlag in den Solarplexus erhalten. Hätte Jan gewusst, was sie von ihm erwartete, er hätte alles getan. Sogar seine Klappe gehalten.

Aufgeschreckt flatterte der Spatz davon. Einen Herzschlag später landete eine Möwe zwischen Jan und Lara.

»Du solltest langsam los«, bemerkte Lara tonlos. »Sonst fährt die Fähre ohne dich.«

»Hat er euch angefasst? Hat er dich angefasst?«

Schweigen.

Jan versuchte es anders. »Stimmt es, was Nadine sagt?«

Sie starrte weiterhin zur Fähre. Dann, immer noch unnatürlich ruhig: »Es gab Berührungen.«

Die Möwe, mutiger als der Spatz, reckte den Hals und pickte nach einem Fetzen Hefeteig. Ihr großer Schnabel klackte auf den Asphalt.

»Bei Marie? Bei euch beiden? Was ist mit dir, Lara? Hat er dich auch angegrapscht?«

Ärgerlich schleuderte sie ihren Arm zur Seite, um die Möwe zu verscheuchen. Einen Moment lang glaubte Jan, sie würde den Vogel auf seiner trägen Flucht sogar verfolgen, doch ihre Schritte galten ihm. Lara drückte eine Hand gegen Jans Brust und gab ihm einen Kuss auf die Wange. Sie löste sich zu langsam von ihm. Er hatte sich nicht bewegt.

»Mach das hier nicht kaputt, Jan«, bat sie. »Das hat nichts mit dir zu tun.«

Sein Mund war staubtrocken; er brachte kein Wort hervor.

Sie lächelte ihm zu, gequälter, wehmütiger diesmal. »Wir sehen uns nächste Woche, ja? Bleibt es dabei, dass du mich in Nynäshamn abholst?« Sie war bereits im Gehen und sprach über die Schulter zu ihm.

»Ja!«, rief er, weil ihm nichts anderes einfiel. Sie hob eine Hand zum Abschiedsgruß. Jan starrte ihr nach, wie sie den Parkplatz entlangging bis zur Straße, um kurz darauf aus seinem Blick zu entschwinden.

Es flatterte neben Jans Ohr: Die Möwenkonkurrenz vertrieben, kehrte der Spatz zurück. Vorwitziger diesmal. Jan setzte sich ans Steuer und fuhr auf die Fähre. Auf dem Autodeck vergaß er, den Wagen abzusperren, so eilig hatte er es, an Deck zu kommen. Von dort schaute er ein letztes Mal über den Hafen zur Stadt hin, die langsam zum Wochenendleben erwachte. Dann wählte er Marinas Handynummer.

Als Jan am Samstag von Gotland zurück nach Stockholm kam, vergeudete er den Rest des Tages mit Belanglosigkeiten, unfähig, sich auf etwas zu konzentrieren. Mehrfach checkte er seine Nachrichten, ob Lara ihm geschrieben hatte, aber vor allem ärgerte er sich über seine Ungeschicklichkeit.

In Gedanken ging er immer wieder ihr Gespräch durch, was er anders hätte sagen, was er hätte fragen sollen. Ebenso verfolgte ihn sein knapper Wortwechsel mit Marina auf der Fähre:

»Sie hat es bestätigt. Dass es Berührungen gab.« Was immer das heißen sollte. Der Satz klang so förmlich wie aus dem Munde eines Anwalts.

Marinas gehauchtes »O Gott!« am anderen Ende der Leitung, ihrer beider Sprachlosigkeit.

»Hat sie sonst noch etwas gesagt?«

Das hat nichts mit dir zu tun. Er ahnte, was Lara ihm damit mitteilen wollte: die Aufteilung der Rollen, die Unabhängigkeit von Gefühlen, ihren eigenständigen Wert. Die Forderung nach Respekt und der Wunsch, sie nicht auf ein Kind zu reduzieren. So viel Mut, ihn in diesem Moment vor der Fähre auf die Wange zu küssen, hätte er selbst nicht aufgebracht.

Er räusperte sich. »Das war alles.«

»Okay.«

»Was wirst du jetzt tun?«

»Mit Paul reden.«

Was folgte, war eine weitere Nacht, in der Jan erst lange nach Mitternacht Schlaf fand.

Ab Sonntag ertränkte Jan die Sorge um Lara in Arbeit. Einmal wählte er Marinas Nummer, doch es war belegt. Am nächsten Tag nahm er die Abschlussprüfungen zweier Studenten ab, korrigierte weitere Arbeiten und hing zwei Stunden lang in einer Telefonkonferenz mit norwegischen und kanadischen Kollegen, in der er mehrfach nachfragen musste, weil er nicht zugehört hatte. Am Abend hielt er es nicht mehr aus und versuchte erneut, Marina anzurufen. Der Teilnehmer sei nicht erreichbar. Er versuchte es über Festnetz.

Niemand nahm ab. Er überlegte, ob er Lara anrufen sollte, dann tat er auch das nicht.

Am Dienstagvormittag fiel ihm bei einem Blick in seinen Terminkalender auf, dass er am Mittwoch über Schweden am Ende der Eiszeit referieren sollte, also schusterte er einen Vortrag zusammen. Bei der Sache war er nicht, aber im Publikum würden nur Laien sitzen. Eines der ausgewählten Bilder stammte aus den früheren Jahren seiner Sammlung und zeigte die Reste einer alpinen Endmoräne. Als Größenmaßstab für den Betrachter balancierte ein kicherndes blondes Mädchen auf einem Stein am Bildrand: Lara mit elf Jahren.

Er schickte Lara das Bild per Kurznachricht. Innerhalb von zwei Minuten erhielt er ihre Antwort mit einem Foto von ihr im Bikini, bis zur Hüfte im Sand eingegraben. Es ginge ihr gut, sie lägen am Strand und warteten auf ihren Surflehrer. Eine Minute später schob sie nach: Surflehrerin.

Sie war braun geworden, fiel ihm auf. Aber zum ersten Mal seit Samstag fühlte er sich etwas besser.

Abends räumte er seine Wohnung auf, saugte, putzte Bad und Küche. Um zehn Uhr, als Jan sich gerade auf die Couch fallen lassen wollte, fiel ihm Åsa ein. Er sollte ihr zumindest schreiben. Er setzte sich an seinen Computer, trommelte mit den Fingerspitzen auf die Tastatur und schrieb: Hej Åsa! Kaum hatte er das Ausrufezeichen gesetzt, klingelte sein Telefon. Eine unbekannte Nummer mit der Vorwahl von Nürnberg. Irritiert meldete Jan sich mit vollem Namen.

»Ich bin's, Marina. Ich bin im Krankenhaus.«

»Ist es schon soweit?«

»Eigentlich war es das bereits. Heute Mittag, elf Tage vor Termin. Das ist das erste Kind, das es richtig eilig hatte, aus mir herauszukommen.«

»Gratuliere! Ist sie gesund?«

»Sie ist perfekt.«

»Wie geht es dir? Und wie heißt sie?«

»Stephanie. Mit ph.«

»Gefällt mir. Das war der Name deiner Großmutter, nicht wahr?«

»Ja. Sie wollte immer, dass ich eines der Mädchen nach ihr benenne, aber Paul mag kurze Namen. Nun, viel zu sagen hat er jetzt nicht gehabt.« Eine Pause, dann: »Ich habe ihn rausgeworfen.«

Jan löschte die angefangene Mail an Åsa und lehnte sich auf dem Bürostuhl zurück. Die Lehne gab unter dem Gewicht nach.

»Möchtest du die Kurzfassung oder die lange Fassung, Jan?«

»Erzähl mir, was du mir erzählen willst.«

»Mmh. Der Arzt hat mir was gegeben. Ich bin momentan ziemlich entspannt. Du könntest mehr erfahren, als du hören willst.«

Jan war sicher, dass das Baby in Marinas Armen lag. Dass sie Stephanie musterte, mit den schrumpeligen Fingerchen spielte, die von Mamas Gebärmutter-Manikürstudio perfekt geformten, winzigen Nägel bewunderte. Er ließ sich von Marinas leichtem Tonfall nicht täuschen, denn so war sie schon immer gewesen: Kohlenstoff, der unter Druck zu Diamant wurde. Mochte sie im Augenblick eine gewisse postnatale Sanftheit in sich spüren, bedeutete das nicht, dass ihre Entscheidung nicht gefallen war. Marina würde das kleine Wesen in ihren Armen schützen, auch wenn dabei ihre Träume, all ihre Konzepte von Ehe und Familie, gar von sich selbst, atomisiert würden.

»Du bist eine gute Mutter, Marina«, hörte Jan sich sagen, und dachte, wenn sie damals nicht das Ende ihrer Beziehung beschlossen hätten, wäre Paul nicht in die Familie zurückgekehrt. Er wäre auf ewig der Besuchsvater geblieben, dabei allein durch seine Unerreichbarkeit umso heftiger geliebt. Und wahrscheinlich trotzdem der Wir-gehen-mit-Töchterchen-Skifahren-Papa.

Marina lachte bitter. »Was für eine Mutter bin ich, wenn ich von all dem nichts mitbekommen habe? Wenn ich mich in meinem Mann so täuschen konnte? Wie kann man so blind sein?«

»Du solltest dir keine Vorwürfe machen.«

»Das ist so ziemlich das Dümmste, was du jemals von dir gegeben hast.«

Nachdem Jan Marina am Samstag angerufen hatte, hatte sie einen Koffer, zwei Taschen und drei Müllsäcke mit den Sachen ihres Ehemannes gefüllt, bis Paul, der im Keller eine kaputte Birne wechselte, merkte, was sie tat. Auf die Frage hin, ob sie wirklich glaube, er hätte seine Kinder vergewaltigt, hatte sie ihm die gepackte Tasche vor die Füße geschleudert. Sie hatte nicht geschrien. Es gab einen Teil in ihr, der wissen musste, wie weit es gegangen war. Was waren Berührungen, was war mehr? Aber nicht jetzt. Marina wollte nicht, dass solche Fragen Bedeutung bekamen, ein *Das-ist-nicht-so-schlimm-wie-das.* Sie wollte so nicht denken. Sie wollte ihre Mädchen bei sich haben und Paul aus dem Haus.

Paul kannte Marina, er kannte sie so gut wie Jan. Nach zwanzig Minuten war er gegangen. Ins Hotel. Am nächsten Tag hatte Marina sich an den Computer gesetzt, nach Psychotherapeuten gegoogelt, um jeden Eintrag viermal zu lesen, ohne danach sagen zu können, was dort gestanden hatte. Stattdessen hatte sie ihre Kontodaten durchgeblättert, alles in einer Excel-Tabelle zusammengefasst: ihr durchschnittliches Einkommen, die Kosten für Haus, Auto, Versicherung, Leben, die Ausbildung der Kinder. Sie hatte gerechnet. Paul hatte immer vorbildlich seinen

Unterhalt gezahlt, für Marina wie für die Mädchen, selbst aus dem Ausland. Er würde sicherlich auch nach einer zweiten Scheidung zahlen. Kaum zu Ende gedacht, trieb der Gedanke Marina, so schnell es ihr schwangerer Umfang erlaubte, ins Bad, wo sie sich in die Kloschüssel übergab. Zweitrangig, hatte sie geurteilt, als sie sich schluchzend wieder aufrappelte und den Mund spülte. Doch die Ablenkung über die Geld- und Unterhaltsfragen hatte sie weiter zum Sorgerecht geführt. Sie würde verlangen, dass Paul verzichtete. Also hatte sie die Seiten des Jugendamts aufgerufen. Abermals hatte sie Absätze, Buchstabenreihen, Satzzeichen gelesen, ohne sich nachher an ein einziges Wort zu erinnern. Marina hatte es aufgegeben. Sie hatte Maries Nummer gewählt, abgebrochen, bevor der Wahlvorgang zu Ende ging. Dann Laras Nummer, dasselbe Spiel. Als sie am Abend schlafen ging, hatte sie die Mädchen noch immer nicht informiert. Erst am Montagnachmittag hatte sie endlich an beide Töchter eine SMS geschickt:

– *Ich habe mich von Eurem Vater getrennt. Liebe Grüße, Mama.*

Eine Stunde später setzten die Wehen ein. Im Chaos von Alleinsein, Hebamme Anrufen und fürs Krankenhaus Packen vergaß sie ihr Handy. Erst als eine Freundin es ihr am Tag darauf ins Krankenhaus brachte, schickte sie ihren Töchtern eine weitere Nachricht, in der sie ihnen mitteilte, dass ihre kleine Schwester Stephanie soeben geboren worden sei. Sie sähe aus wie Marie als Baby. PS: Ihr fehlt mir.

Eine viertel Stunde später hatte Lara angerufen, kurz darauf Marie, die sich beschwerte, weil besetzt gewesen war. Sie hatten gelacht am Telefon, sich gefreut, dass Marina und die Kleine wohlauf waren. Sie hatten kein Wort über Paul verloren, den Marina nicht benachrichtigt hatte.

Die Mädchen hatten Fragen gestellt zur Geburt, wie sie

ins Krankenhaus gekommen sei – Petra hatte sie gefahren –, weshalb Marina so sicher sei, Stephanie sähe wie Marie aus? Marina hatte Babyfotos von Lara wie von Marie mit ins Krankenhaus genommen, sie lägen neben ihr. Die ultimative Vergleichsmöglichkeit und ja, definitiv wie Marie. Lara verkündete, sie würde ihre Reise abkürzen und am Wochenende einen Flug von Stockholm nach Hause buchen. Sogar Marie, flugängstlich, kündigte an, sie würde am Samstag von Oxford den Zug nehmen und dann am Sonntag zuhause sein. Sie freue sich so, ihre kleine Schwester kennenzulernen!

Es war das erste Telefonat mit Marina, seit Lara an seiner Tür geklingelt hatte, nach dem Jan auflegte und daran glaubte, dass nichts diese drei Frauen auseinanderbringen könnte.

Lara feierte die Geburt ihrer Schwester mit ihren neuen Freundinnen in einer Bar im Norden Gotlands. Sie saßen im Freien auf wackeligen Plastikstühlen mit Aussicht auf das Meer. Eli, die Belgierin, wippte mit den Füßen im Takt der nach draußen dringenden Musik. Sandrine aus der Schweiz hatte Lara überredet, dass die Preise von Campari Orange erträglich wären, und so standen vor ihnen drei leere Gläser, wobei Eli auf das strikte Alkoholverbot Schwedens für Autofahrer verwiesen und Lara daher Elis Glas mit ausgetrunken hatte.

Der Alkohol half, dass Lara den anderen Mädchen die groben Umrisse ihrer Familiengeschichte erzählte. Die Belgierin beurteilte diese am Ende mit Spießertum im Mantel modernen Patchworks. »Aber in deinen Exstiefvater«, fügte sie hinzu, »in den könnte ich mich auch verknallen.«

Sandrine lachte gackernd über Laras Gesichtsausdruck.

Diese bereute bereits die Wendung, die das Gespräch genommen hatte. In ihrem Schädel tobte der Campari; sie hatte die Gläser zu schnell gekippt. Ein bisschen schlecht war ihr außerdem. Sie murmelte, sie müsse aufs Klo und stolperte davon.

In den leeren Damentoiletten des Cafés spritzte sich Lara Wasser ins Gesicht. Während sie sich mit Papiertüchern abtrocknete, klingelte ihr Handy. Auf dem Display erschien ein Name: Marie.

Gestern, als Lara die SMS von ihrer Mutter gelesen hatte, hatte sie versucht, Marie zu erreichen. Ihre Schwester hatte sie weggedrückt, und Lara, voll schuldbewusster Erleichterung, probierte es kein zweites Mal. Sonst hätte sie Marie beichten müssen, dass es nicht mehr bloß um Nadines Aussage ginge, sondern genauso um ihre eigene: »Es gab Berührungen.« Worte, für die ihre Schwester sie hassen würde.

Das Handy klingelte weiter, die Töne hallten schrill von den Kacheln wider. Zögernd strich Laras Zeigefinger über den Touchscreen, nahm den Anruf an.

»O Lara, hast du das Foto gesehen, das Mama eben geschickt hat? Sie sieht tatsächlich aus wie ich! Gott, sie könnte *meine* Tochter sein! Ist sie nicht wunderschön? Ich hätte sie ja nicht Stephanie genannt. Papa mag den Namen nicht, aber Uroma hätte sich bestimmt gefreut. Wann kommst du zurück? Hast du schon einen Flug? Also ich habe meinen Zug gebucht. Morgen geh ich einkaufen, ich dachte, ich könnte der Kleinen so einen Kuschelclown kaufen, den gerade alle haben. Oder hattest du an ein Gemeinschaftsgeschenk gedacht? Eigentlich würde ich ja lieber alleine etwas schenken ... «

Marie war wie ausgewechselt; Lara kam gar nicht zu Wort. Doch sie ließ sich gerne mitreißen von Maries überschäumender Freude, kicherte über ihre Vorschläge, welche

Spitznamen sie der Kleinen geben könnten, und ja, sie würde sich morgen wieder gen Süden der Insel aufmachen, um am Donnerstag oder Freitag eine Fähre aufs Festland zu nehmen. Dann wären sie in ein paar Tagen alle wieder vereint.

»Ja«, sagte Marie, »und ab jetzt sind wir zu fünft.«

Der Satz ernüchterte Lara schlagartig. Zu fünft. Als ob ihre Mutter ihnen nicht von ihrer Trennung von Paul geschrieben hätte.

Die Pause im Gespräch streckte sich. Wie kalt die Stille in diesem Toilettenraum klirrte. Laras Knie zitterten. *Nicht jetzt,* dachte sie. Wie so oft.

Mit heiserer Stimme stimmte sie ihrer Schwester zu: »Ja, dann sehen wir uns alle.«

Sie hörte den Triumph in Maries Stimme, als diese sich verabschiedete.

»Meine Nerven, auf das Horrorpublikum schlechthin!« Glas klirrte, als Jan mit Johan anstieß. Der Vortrag hatte schließlich ein Ende gefunden, nach einer Fragerunde von über vierzig Minuten, und Jan war noch immer auf einhundertachtzig. »Was war eigentlich mit diesem Kerl mit dem Rauschebart los? Ich meine, eine Frage zu stellen, die im Vortrag selbst ausgiebig beantwortet war, geht ja noch, aber drei von der Sorte? Das haben früher nicht mal meine Seniorstudenten geschafft.«

»Tut mir echt leid, dass ich dich zu diesem Vortrag überredet habe. Dafür zahle ich jetzt auch dein Bier.«

Jan schüttelte theatralisch seine Flasche. »Reicht nicht.«

»Ich würde dir auch etwas zu essen spendieren.«

»Mir ist der freundliche Hinweis von Rauschebart am Schluss, wer ein gutes Buch zu dem Thema lesen wolle, dem könne er einen Titel über die Entstehung der Antarktis empfehlen, auf den Magen geschlagen. Was hat das Öffnen der Drakes Passage mit der postglazialen Landhebung in Schweden zu tun?«

»Keine Ahnung.«

»Depp!«

»Ich stelle eine leichte Gereiztheit fest.«

»War eine harte Woche.«

»Die hübsche blonde Exstieftochter?«

Jan hatte schon wieder vergessen, dass Johan Lara im Museum kurz getroffen hatte.

»Åsa hat mich am Telefon recht knapp abgewürgt, sobald ich auf dich zu sprechen kam«, fügte Johan unschuldig hinzu.

»Wieso spricht diese Woche eigentlich jeder meiner Freunde mit Åsa?«

»Es war dein Vorschlag, sie beim Ausstellungskonzept als Beraterin hinzuzuziehen.«

Jan drehte die Bierflasche und betrachtete das Licht, das sich auf der Tönung des Glases brach. Eigentlich hätte er genug Erfahrung mitbringen sollen, um seine neue Freundin nicht sofort mit dem Job zusammenzuwürfeln, sinnierte er. Exfreundin. Toll.

»Also?« Johan trommelte aufmunternd mit beiden Handflächen auf die Tischkante. »Mette wird mich bestimmt ausquetschen, wenn ich nach Hause komme. Gib mir doch etwas, was ich ihr erzählen kann!«

»Die Geschichte ist nicht so berauschend, wie du denkst.«

»Das glaube ich gerne. Würde mich auch irritieren: die Tochter meiner Ex.«

»Wobei irritieren?«

»Du stehst auf sie.«

Jan sagte nichts, sondern setzte die Bierflasche an die Lippen und verdeckte so seine Züge.

Johan kratzte sich die Bartstoppeln, während er auf eine Antwort wartete, die nicht kam. Er schien sich zu amüsieren. »Ich habe die junge Dame vielleicht nur eine Minute lang getroffen, aber wie du sie berührt hast ... erzähl mir nichts!«

»Verdammt Johan, das hat nicht gleich die Welt zu bedeuten! Was glaubst du, wie nahe wir uns früher waren? Ich habe sie ständig so berührt! Das war doch einfach ... «

Aus einem für ihn nicht nachvollziehbaren Grund beobachtete ein verblüffter Johan, wie Jan vom Hemdkragen bis zum Scheitel erblasste. »Nein, so meine ich das nicht! Ich meine, da ist Vertrautheit, von früher. Jedenfalls nicht das, wonach das jetzt klingen mag! Ich habe natürlich nie, nie hätte ich ... «

»Hoho, was war das denn gerade? Immer mit der Ruhe.« Johan hob die Hände, als ob er ein Pferd vor sich hätte, das durchzugehen drohte. »Wir sind hier nicht in den USA, Jan. Hier kann man seiner Tochter auch noch beim Pinkeln im Wald helfen, ohne gleich im Gefängnis zu landen. Was ist los?«

Fünfzehn Minuten später hatte Jan ihm fast alles erzählt. Am Ende war sein Freund still geworden. »Fan!«, kommentierte er.

Jan ließ sich mit dem Rücken an die Wand fallen. Sie waren in einer seiner Lieblingskneipen auf Södermalm, nahe Slussen, eingekehrt. Unter der Woche war weniger los, und so hatten sie zum Glück einen Tisch für sich.

»Mann, wenn ich mir das vorstelle!«

»Was?« Jans Glas war leer. Er verspürte keinen Drang, sich Nachschub zu besorgen.

»Wenn der neue Partner meiner Ex meine Tochter anfassen würde ... « Johan war geschieden und Mette seine zweite Frau. Aus erster Ehe hatte er einen Sohn und eine Tochter. Seine schlanken Akademikerfinger krallten sich um leere Luft. »Ich würde den verdammten Kerl umbringen!«

»Paul ist ihr leiblicher Vater.«

»Das macht es schlimmer, oder?«

»Ja. Ja? Ich weiß nicht. Wahrscheinlich.«

»In Mettes Verwandtschaft gab es mal einen Fall, der ging sogar vor Gericht. Das Mädchen, ich glaube, sie war sieben, sagte: ›Papa fasst mich an, weil er mich liebhat.‹«

»Marie, Lara, sie waren Teenager. Vierzehn, fünfzehn, vielleicht sogar älter. Keiner weiß es, solange sie nicht darüber sprechen. Jedenfalls alt genug, um zu wissen, was normal ist. Wir leben ja nicht mehr in den Zwanzigern! Die Mädchen wissen, was Petting ist, Sex, noch bevor sie den Satz des Pythagoras lernen. Und sie haben geschwiegen.«

»Ich glaube, der Aufklärungsgrad von Jugendlichen wir oft überschätzt. Letztens hieß es, über zwanzig Prozent würden die Pille danach für eine normale Verhütungsmethode halten. Und Herausziehen für eine sichere!«

»Lara und Marie wussten Bescheid. Verdammt, ihr erstes Aufklärungsgespräch hat Lara mit mir geführt. Da war sie zehn! Sie kam zum Frühstückstisch und hat mit einem Kondom gewedelt, das sie aus dem Abfalleimer im Bad gefischt hatte. Benutzt! Sie wollte wissen, was das ist.«

Johan kicherte und stoppte sofort. »Echt jetzt?«

»Du hättest uns stottern hören sollen. Glaub mir, sie wollte alles wissen.« Jans Fingernägel pulten das Etikett der Flasche ab. Johan schob ihm wortlos sein halb volles Glas hinüber. Jan nahm einen Schluck. »Ich komme mir vor wie ein Arsch.«

»Glaub ich gerne.«

»Sie ist halb so alt wie ich!«

»Ja.«

»Einundzwanzig Jahre jünger.« Das klang nur wenig besser. »Sie ist von ihrem Vater wie auch immer angefasst worden, und ich? Ich sehe sie an wie ein notgeiler alter Sack, der am liebsten auch seine Finger an ihr hätte.«

»Ja, aber jetzt ist sie einundzwanzig. Nicht mehr vierzehn. Und du bist kein notgeiler alter Sack.«

»Ich würde gerne glauben, dass sie wählt. Aber woher kann ich wissen, dass sie nicht … «

»… beschädigt ist? Ein Vater-Syndrom auslebt? Ein Fall für den Psychiater ist?« Johan musterte ihn. »Hast du den Eindruck, dass sie das Ganze reflektiert?«

»Das schon. Aber sie rennt auch davon. Ich glaube, sie hat Angst, sich dem allen zu stellen.«

»Dir scheint sie sich zu stellen.«

»Ich weiß nicht.«

»Was hast du gedacht, bevor du das mit ihrem Vater erfahren hast?«

»Dass sie halb so alt ist wie ich, Marinas Tochter. Ich habe die ganze Zeit gedacht: Finger weg!«

»Flirtet sie mit dir?«

»Vielleicht.«

»Sie hat dich geküsst, sagtest du.«

»Auf die Wange.«

»Nimm das als gutes Zeichen.«

Jan pulte weiterhin am Flaschenetikett. »Paul ist kein übler Kerl. Dachte ich jedenfalls. Ich will mich nicht fragen müssen, wo der Unterschied ist zwischen mir und ihm.«

»So ein Unsinn! Du bist nicht pervers.«

»Paul denkt, er liebt seine Kinder. Tut er wohl auch.«

»Wenn es wahr ist, dann wäre es krank. Aber was du tust, Jan, ist Lara zu unterstellen, ebenfalls krank zu sein. Vielleicht musst du sie gar nicht vor sich selbst schützen.«

»Nein, aber vielleicht muss ich sie vor mir schützen.«

Am Donnerstagmorgen fand Jan eine E-Mail von Åsa

sowie eine von Lara in seinem Account vor. Er klickte auf Laras.

– Hallo Jan! Mama hat entbunden, hast du schon gehört? Sie heißt Stephanie, ein eleganter Name, findest du nicht? Ich habe einen Flug von Arlanda Airport nach Hause für Sonntagfrüh gebucht. Ich nehme morgen Mittag die Fähre. Du musst mich nicht in Nynäshamn abholen, die Fähre kommt um acht an, und ich kann den Bus nach Stockholm nehmen. Ich freue mich auf dich! Liebe Grüße, Lara. PS: Bin knackebraun geworden!

Jan schrieb zurück:

– Hej! Gratuliere zum Schwesterchen! Vergiss den Bus, ich hole dich am Hafen ab, falls ich dich erkenne. Bis dann, Jan.

Danach öffnete er Åsas Nachricht. Ein unpersönlicher Ton, es ging um das Ausstellungskonzept des Museums. Thomas war ebenfalls mit auf die Adresszeile kopiert. Jan schloss die Nachricht und markierte sie als ungelesen. Er würde ihr am Montag antworten. Stattdessen las er Laras Mail erneut. Sie klang auch beim zweiten Lesen ganz normal.

Jan parkte am Hafen von Nynäshamn, zwanzig Minuten bevor die Fähre anlegte. Seit er Stockholm verlassen hatte, hatte sich der Himmel bewölkt; mittlerweile spannte sich eine geschlossene Wolkendecke von Horizont zu Horizont, die erste seit einer Woche. Der Wetterbericht hatte für den Abend Schauer an der südschwedischen Küste gemeldet. Am nächsten Tag sollte es wieder aufklaren.

Jan stand am Kai und sah zu, wie die Fähre aus Visby in den Hafen glitt, eine Reihe Schaulustiger an der Reling. Die Meeresoberfläche, obwohl durch vorgelagerte Inseln geschützt, rollte in einem aufgewühlten Blaugrau, in das sich Gischt mischte. Die Fähre tutete, während sie in eine

Kurve ging und das schwerfällige Anlegemanöver einleitete.

Jan setzte sich auf einen Pfeiler und wartete, bis die ersten Passagiere über die Gangway das Schiff verließen. Eine in hellblaues Goretex und Jeans gekleidete Lara löste sich aus dem Strom, die Haare goldener als vor einer Woche, das Gesicht dagegen fast doppelt so dunkel. Ihr Tagesrucksack drängte sich zwischen sie, als Jan Lara zur Begrüßung umarmte und gleichzeitig seine Hand zwischen den Träger des Treckingrucksacks und ihre Schulter schob. Sie wand sich wie ein Aal aus den Trägern, bis das ganze Gewicht des Rucksacks in Jans Händen ruhte. Sie duftete nach Vanille, Frühling, Duschgel, Früchten und etwas zart Süßem – kurz, nach der halben Parfümabteilung des Shops auf der Fähre.

Lara hatte Jans tieferes Einatmen bemerkt. »Welche Seite ist besser?«, forschte sie nach, sich erst auf das linke Handgelenk tippend, dann auf das rechte, dann auf ihren Halsansatz und den linken Oberarm. Jan warf sich den Rucksack über die Schulter.

»Das linke Ohr war gut.«

Lara rieb sich den Nasenrücken. »Jetzt müsste ich mich nur noch daran erinnern, was das war.«

»Es riecht wie Frühling.«

»Ein Markenname wäre hilfreicher.« Sie schlenderten in Richtung Parkplatz. »Was benutzt du eigentlich?«

»Ein Mann hat seine Geheimnisse.«

»Ich kann auch einfach einen Blick in deinen Badezimmerschrank werfen.«

»Abwarten! Jetzt erzähl erstmal, wie es war.«

Bis sie das Auto erreicht und Laras Sachen auf der Rückbank verstaut hatten, hatte Jan erfahren, dass die Belgierin, mit der Lara unterwegs gewesen war, aus einer Diplomatenfamilie stammte, einen aus Dublin stammenden Freund in Malmö hatte – »Sie sind verlobt! Sie trägt sogar einen Ring mit einem dicken Diamanten, wer macht denn so was, bitte?« – und von schwedischen Männern nichts hielt. Die dritte im Bunde, eine Studentin aus der Schweiz, war genauso explizit wie tatkräftig der gegensätzlichen Meinung gewesen und hatte an jedem Campingplatz einen Kerl aufgetan, der die drei mit Bier versorgte.

»Hühnertour also«, interpretierte Jan.

Lara boxte gegen seinen Oberarm. »Das ist der blanke Neid derer, die nur mit Midlife-kranken Kumpels an der Bar hocken und wehleidig in ihr Glas starren.«

Jan dachte zurück an den Abend mit Johan in der Kneipe und verkniff sich einen Kommentar.

Er steuerte das Auto auf die 73, wenig später auf die 225 in Richtung Södertälje. Lara erzählte weiter vom Windsurfen, Schlafen am Strand, Mücken, einem schwulen Pärchen am Campingplatz, das sich die ganze Zeit in drei verschiedenen Sprachen angezickt hatte, von den Angriffen von Kamikazevögeln bei den Kalksteinsäulen auf Fårö im Norden Gotlands. »Das war wie bei Hitchcock! Die müssen Junge gehabt haben, so wie sie uns angegriffen haben!« Die bronzezeitlichen bootförmigen Steinsetzungen hatten es ihr angetan, ebenso die zwischen sattem Gras und schlanken Bäumen ruhenden Gräber von Trullhalsar. Dazu morgendlicher Nebel hinter Windmühlen, feinsandige Dünen, in denen die Zehen versanken. »Bei mir ist alles voller Sand. Ich fürchte, ich werde deine Wohnung einsauen.« Laras Kopf ruckte hinter einem Straßenschild her. »Södertälje?«, unterbrach sie ihren Erzählfluss. »Ist das nicht ein Umweg?«

»Wir fahren nach Trosa, zum Landhaus meiner Eltern.« Jan setzte den Blinker. Es war eine spontane Idee am Morgen gewesen, kurz nach dem Aufwachen. »Schwedische Lebensart, du weißt schon. Das heißt, du wirst nicht auf meiner Couch hausen müssen, sondern bekommst ein eigenes Zimmer.« Ein eigenes Zimmer mit eigenem Bett und abschließbarer Tür. Und mit seiner Mutter als Anstandswauwau.

»Ich wusste nicht, dass ihr ein Landhaus habt.«

»Meine Eltern haben es gekauft, als mein Vater in Rente ging.«

Lara kramte nach ihrem zerfledderten Reiseführer. »Världens ände«, las sie wenig später laut aus dem Eintrag zu Trosa vor. Das Ende der Welt. »Klingt romantisch. Sind deine Eltern jetzt dort?«

Beinahe hätte Jan beim Einfädeln in den Verkehr auf der Autobahnspur einen LKW übersehen. »Ja«, antwortete er etwas verspätet. »Sie sind am Montag rausgefahren. Meistens bleiben sie immer gleich zwei Wochen. Rentner halt. Passt das für dich?«

Sie sah aus dem Fenster. »Solange ich am Sonntag meinen Flug erwische.«

»Dafür sorge ich, keine Angst. Freust du dich?«

»Natürlich! Mama hat ein Bild von der Kleinen geschickt. Sie sind schon zuhause.«

Jan hatte das Foto ebenfalls bekommen. Es zeigte ein schläfriges, in ein grünes Tuch gewickeltes Baby mit halb geöffnetem Schmollmund und Falten unter den Augen.

»Ich habe Mama von der Fähre aus angerufen. Sie sagt, Stephanie wäre total brav und ruhig. Eher wie ich als wie Marie, obwohl sie wie Marie aussieht – laut Mama und Marie zumindest.«

»Hast du mit Marie geredet?«

»Wir haben kurz gesprochen. Sie kommt ebenfalls nach Hause.«

»Deine Mutter wird froh sein, euch beide bei sich zu haben.«

»Hast du noch einmal mit ihr telefoniert?«

Jan nahm an, dass Lara damit nach Samstag meinte. »Sie hat mich am Dienstag kurz angerufen.«

»Aha.«

Das war das letzte, was sie sprachen, bis sie im einsetzenden Regen die Autobahn verließen und nach Trosa abbogen. Jan stellte das Radio an. Sie hörten Nachrichten, danach liefen Charts. Der Regen nahm zu, und so sah Lara wenig von der Landschaft, bis sie über einen waldigen Schotterweg das Landhaus der Familie Svenson erreichten.

»Das ist ja nicht einmal rot«, beschwerte sich Lara.

»Dafür ist es alt. Die Küche hat sogar einen gusseisernen Ofen. Modern ist bloß das Bad.« Jan schaltete den Motor aus. Die Scheibenwischer kamen zur Ruhe. Die Welt außerhalb des Autos verschwamm zu dunkelgrünen und braunen Schemen. Er fragte sich, wieso das Auto seiner Eltern nicht im Carport stand. Bei dem Wetter waren sie doch bestimmt nicht mehr unterwegs.

»Gibt es hier Elche?«

»Tausende.«

»Ich habe noch keinen gesehen.«

»Zigtausende.« Er musste grinsen.

»Ganz schön einsam hier. Aber schön.«

Jan fischte den Hausschlüssel aus dem Handschuhfach. Er hatte bloß fünf Meter von der Eingangstreppe entfernt geparkt, dennoch waren seine Haare und Schuhe nass, bis er sämtliche Sachen aus dem Kofferraum ins Haus geschafft hatte. Lara hielt ihm die Tür auf. »Da liegt ein Zettel auf dem Teppich.«

Jan bückte sich. Eine Nachricht von seiner Mutter. Sein Vater hatte wieder Hüftprobleme bekommen, und so waren sie nach Stockholm zurückgefahren. Jan solle bitte nach dem Dach gucken, da schabe ein Ast.

Jan starrte den Zettel an, dann aus der Tür in den Regen.

Er musste seinen Eltern dringend beibringen, dass Handys zum Telefonieren taugten.

»Was ist?«

»Meine Eltern sind abgefahren. Meinem Vater geht es nicht gut.«

»Oh, das tut mir leid. Willst du zu ihnen fahren?«

Er stellte sich den verdatterten Blick seines Vaters vor, wenn er plötzlich an der Tür klingelte, ganz besorgter Sohn. Sein Vater hasste es, wenn jemand Gewese um ihn machte. »Äh, nein, es ist nur seine Hüfte. Das geht schon klar.«

»Also bleiben wir hier? Super! Kann ich mich umsehen?«

»Ja, sicher. Aber steig bitte nicht die Leiter zum Dachboden hinauf. Da sind die Dielen morsch.«

»Wo werde ich schlafen?«

»Treppe rauf, dann die Tür schräg links. Das Gästezimmer.«

»Wo schläfst du?«

»Ich habe mein eigenes Zimmer. Wenn du duschen willst, das Bad ist gegenüber von deinem Zimmer.«

Während Lara das Haus erkundete, untersuchte Jan den Inhalt des Kühlschranks und sortierte die eigenen Einkäufe hinzu. In ihrer Notiz hatte seine Mutter ihm aufgetragen, die am Tag zuvor gekochte Tomatensuppe aufzubrauchen, daher stellte er einen Topf auf den Herd, nahm Mozzarella und Salat aus dem Kühlschrank und holte das Baguette, das er mitgebracht hatte. Jan überlegte kurz, ob er eine Flasche Wein aufmachen sollte, und ließ es dann sein. Über ihm knarzte es von Zeit zu Zeit, während Lara von einem Zimmer zum nächsten tappte. Jan öffnete ein Fenster, um die Waldluft ins Innere zu lassen. Sie roch nach nasser Erde.

Er nutzte die Zeit, da Lara im Bad war, und bezog die

Betten. Als er zurück in die Küche kam und oben ein Föhn zum Leben erwachte, brodelte die Tomatensuppe. Er deckte den Tisch. Draußen hatte es sich eingeregnet. Jan schaltete das Licht ein und warf eine Spinne nach draußen.

»Soll ich das Baguette schneiden?« Lara war hinter ihm aufgetaucht. Ihre Haarspitzen glänzten feucht, sie hatte sich umgezogen und trug einen türkisfarbenen Pulli mit weißem Schneeflockenmuster auf der Rückseite. Sie lief auf Socken. Jan reichte ihr ein Messer, während er den Salat anmachte und den Mozzarella in Scheiben schnitt.

»Fan!«

»Was ist?«

»Nichts.« Jan hielt seinen Finger unter den Wasserhahn.

»Geschnitten?«

»Nur ein Kratzer.«

»Soll ich ein Pflaster holen?«

Jan zog eine Schublade auf, dann die darunter. »Alles hier. Meine Mutter kennt mich lange genug.« Er schnitt einen schmalen Streifen ab und wickelte ihn sich um den Finger. Laras Augenbrauen krochen aufeinander zu. Jan war immer geschickt im Umgang mit Werkzeug gewesen.

»Lenke ich dich ab?«

»Die Frauen der Familie Berckmann sorgen immer für Aufregung.«

Lara zog wahllos einige Schubladen in der Küche auf. »Hast du vielleicht ein Teelicht für den Tisch?«

Jan warf einen heimlichen Blick auf die Schublade mit der Pflasterbox. Hinten lag eine Packung Kerzen. Er schob die Schublade mit der Hüfte zu. »Keine Ahnung, wo meine Mutter die aufhebt.«

Sie aßen im nüchternen Lichte der Küchenlampe zur Melodie des Regens und des Scharrens eines Asts am Dach, was Lara vor Panik unter die Bettdecke geschickt hätte, wäre sie alleine in dem alten Haus mitten im Wald gewesen.

Jan verkündete, er würde am nächsten Tag den Ast beseitigen, die Dachrinnen säubern und eine Lampe im Dachboden aufhängen, weil sein Vater nicht mehr so beweglich war.

Söhnearbeit, dachte Lara und fragte sich, wie es sein würde, in eine Familie zurückzukehren, in der es nur Frauen gab. Zwar war ihre Mutter eine Weile alleine gewesen, bevor sie Jan getroffen hatte, doch Lara erinnerte sich nicht mehr an diese Zeit. Sicherungen, Reifen wechseln, Regale an die Wand bohren – ab jetzt würde sich ihre Mutter für diese Aufgaben die Männer ihrer Freundinnen ausleihen oder ihren Schwager. Oder Paul würde sie erledigen und danach wieder verschwinden, die verrichtete Arbeit der Endmarker seiner familiären Aufenthaltserlaubnis.

Lara machte sich keine Illusionen darüber, was »Ich habe mich von Eurem Vater getrennt« bei ihrer Mutter bedeutete. Marina war keine Frau, deren gefällte Entscheidungen sich wie niedergedrücktes Gras verhielten und sich nach ein paar Sonnenstrahlen wiederaufrichteten. Ihre Entscheidungen waren sensenscharf. Bestimmt hatte sie Paul längst aus dem Haus geworfen.

Mama hätte Papa auch dann rausgeworfen, wenn sie lediglich Nadines Aussage gehabt hätte, würde Lara Marie erklären. Du kennst doch Mama. Und ja, sie hätte mit ihrer Mutter sprechen wollen, über damals, aber dann hätte sie das Thema nie angerissen. Sie hatte es vorgehabt, später, irgendwann, sobald sie die richtigen Sätze kannte.

Die musste sie sich jetzt bald überlegen, dachte Lara, denn verstecken konnte sie sich nicht länger.

Stephanie ist geboren, Marie. Das verstehst du doch, nicht wahr?

Manchmal wünschte sich Lara, sie besäße die Fähigkeit ihrer Mutter zu radikalen Entscheidungen.

Während Jan darauf bestand, den Abwasch alleine zu

machen, streifte Lara durch das Erdgeschoss. Im Wohnzimmer, das durch seine schweren Möbel und steifen Überzüge auf Sofa und Sessel an die Küche als Mittelpunkt des Hauses verwies, entdeckte Lara ein Schachspiel.

Sie bauten das Brett auf dem Boden auf, in der Mitte zwischen zwei Schafsfellen, eines dunkel, das andere hell. Lara wählte weiß. Es war Jan gewesen, der ihr und Marie einst Schach beigebracht hatte, und obwohl er hoch und heilig schwor, er hätte in den letzten sechs Jahren keine Figur angerührt, schlug er sie innerhalb von dreißig Minuten.

»Bist du nicht müde?«, fragte Jan, nachdem er unter dramatischem Ausholen ihren König vom Brett gefegt hatte. Er saß mit dem Rücken gegen die Couch, hatte einen Fuß angewinkelt, das andere Knie aufgestellt; ein Arm lehnte auf der Sitzfläche des Sofas. Sein beiges Shirt mit den Sieben-Achtel-Ärmeln und ein geflochtenes Lederarmband betonten seine Unterarmmuskeln. Jans Finger strichen über den geschnitzten Kopf eines schwarzen Pferdchens. Sie hatten einzig die Tischlampe angeknipst, deshalb war seine rechte Gesichtshälfte erhellt, die andere in Schatten getaucht. »Es ist spät geworden.«

»Für eine Revanche würde es noch reichen.«

»Die kriegst du morgen.« Er stand auf, reichte ihr die Hand und zog sie schwungvoll in die Höhe. »Geh du zuerst ins Bad. Ich räume hier auf.«

Lara brauchte nicht lange, um sich bettfertig zu machen. Sie fing Jan im Gang ab, bevor er die Tür seines Schlafzimmers hinter sich schließen konnte.

»Ich kriege das Fenster nicht gekippt«, erklärte sie entschuldigend. Sie trug ein knielanges, sommerliches Nachtshirt.

»Ach so, ja, das geht recht schwer.« Jan schob sich an Lara vorbei in das schmale Gästezimmer, in dem sich außer einem Bett nicht mehr fand als ein Schrank und ein hölzernes Schaukelpferd, das er mit zärtlichen Erinnerungen an Indianerspiele verband. Jan rüttelte am Fenster, das schließlich seinen Widerstand aufgab und auf ihn zukippte. Draußen tröpfelte es von den Bäumen; der Regen hatte aufgehört. Die Luft schmeckte kühl und frisch.

Lara saß im Schneidersitz auf dem Bett, während Jan die Vorhänge zuzog und sich umdrehte. Der Stoff des Nachthemds fiel in ihren Schoß, die Knie lagen nackt auf der Bettdecke. Laras Augen schimmerten dunkel, ein Blick, dessen Intensität Bände sprach. »Danke, Jan.«

»Schlaf gut!« Er floh ins Bad.

Jan duschte kalt. Eine Weile stand er mit der Zahnbürste in der Hand reglos vor dem Spiegel und starrte sich an. Als er aus dem Bad kam, war Laras Tür bloß angelehnt.

Er schaltete das Licht aus und tastete sich zum Schlafzimmer seiner Eltern vor. Jan schloss die Tür hinter sich, kramte im Halbdunkel nach einem T-Shirt und kroch unter die Sommerzudecke. Zehn Minuten später hatte er sich fünfmal herumgewälzt.

Im Gang vor dem Zimmer knarzte eine Diele. Jan lag auf dem Rücken mit einem Arm hinter dem Kopf und sah zur Tür. Ein Klopfen wie ein Scharren, dann bewegte sich die Klinke. Lara zögerte einen Moment, bevor sie hineinschlüpfte, sich vorsichtig neben ihn auf das Bett setzte. Sie war ein Federgewicht, die Matratze schickte lediglich ein kaum wahrnehmbares Erdbeben zu Jans seismographisch aufgeladener Haut.

Lara sagte nichts. Wartete. Jan erahnte ihren Blick auf seiner Brust, dort, wo knapp unter den Brustwarzen die Decke endete und sich sein Herzschlag beschleunigte. Er hörte sie atmen.

»Du solltest in dein Bett gehen«, flüsterte er.

Sie schüttelte den Kopf, eine schemenhafte langsame

Bewegung. »Ich will diese Unsicherheit nicht. Ich habe schon genug. Schick mich zurück in mein Bett und dann ist gut, Jan. Aber bitte aus den richtigen Gründen.« Ihre Stimme kippte.

Jan griff nach Laras Handgelenk, wo ihr Puls unter seinem Daumen schlug. Er wusste nicht, was die richtigen Gründe waren, sie saßen alle in seinem Verstand, während sein Herz in seinen Ohren hämmerte.

Lara ließ sich neben ihn sinken, und er hob automatisch die Decke, damit sie Platz fand, ihre Stirn auf seiner Kinnhöhe. Lara kuschelte sich an ihn. Ihre Hand ruhte auf Jans Brust, ihre Haare kitzelten seine Haut. Zögernd legte er einen Arm um sie. Ihr Knie berührten seine Beine; kleine Zehen schlossen sich wie bei einem Äffchen für einen Moment um Jans größere. So lagen sie, beide angespannt, und er lauschte ihrem schweren Atem, der sich mit seinem mischte.

Irgendwann gab Jans Körper nach. Er drückte Lara enger an sich, in die Höhlung seiner Umarmung. Zog sie tief in sich hinein, bis er ihren Herzschlag an seiner Brust spürte. Ihr Kopf hob sich, ihre Nase streifte sein Kinn. Dann suchte ihr Mund den seinen.

Lara wachte in der Geborgenheit von Jans Armen auf. Draußen jagten Wolken über den Himmel, helle Wolkenknäuel, nicht länger die grauen Regenwolken von gestern. In den Bäumen zankten sich zwei Eichhörnchen. Lara blieb still liegen, hatte Angst, Jans Umarmung mit einer Bewegung zu brechen. Erst bei jenem Gespräch vor der Fähre in Visby hatte sie die Abgründe von Jans Dilemma verstanden. Weshalb er sie nicht mehr mit solcher Selbstverständlichkeit berührte. Womöglich hatte er in seiner letzten Nacht in Visby gar nicht mit Åsa telefoniert, sondern mit ihrer Mutter. Und so sehr es Lara erschütterte, dass Nadine sich Marina erklärt hatte, hatte die Frau in ihr erleichtert gedacht: Es liegt nicht an mir.

Lara küsste Jan sachte auf die Nasenspitze. Seine Lider flackerten, ein saphirblaues Aufblitzen. Sein Kopf bewegte sich von ihr fort, und sie überlegte schon, was sie machen sollte, würde er jetzt entsetzt aus dem Bett springen und sich entschuldigen für etwas, was keiner Entschuldigung bedarf. Aber dann öffneten sich seine Lider zur Gänze, er blinzelte sie an und lächelte.

»Ich habe geschlafen wie ein Baby«, sagte sie. Es war die Wahrheit. Sie konnte sich nicht mehr daran erinnern, wann sie zuletzt so tief geschlafen hatte.

»Ich weiß«, erwiderte er.

Sie frühstückten auf der Terrasse mit Blick auf Wald und Wiese, wo auf sattgrünen Gräsern und Blüten dicke Tropfen glitzerten. Vom Wohnzimmer schallte das Radio heraus, Schubert, weil der Regler sich nicht mehr verstellen ließ und Jans Mutter Klassik hörte. Es war kühl, und Lara, barfuß auf den feuchten Holzplanken, schob ihre kalten Zehen unter Jans Hintern.

»Fahren wir heute nach Stockholm zurück oder morgen früh direkt zum Flughafen?«

»Das kannst du dir aussuchen. Wenn wir heute Nacht hier schlafen, müssen wir morgen allerdings um halb sieben das Haus verlassen.«

»Lass uns noch bleiben.«

Jan verschob die Hausarbeiten auf später, daher fuhren sie über Mittag nach Trosa. Jan hatte nicht zu viel versprochen; das Städtchen entpuppte sich als ein weiteres Schweden-im-Wunderland: herausgeputzte Häuschen, Boote auf klarem Wasser, verträumte Straßenlaternen und klebrige Schokoladenkuchen mit weißen Sahnehauben. Sie aßen in einem romantischen Café am Kanal zu Mittag, später schlenderten sie zum Hafen, wo der Yorkshire einer Dame sie verbellte, als Jan Lara in die Arme nahm und sie sich zu ihm drehte, um ihn zu küssen. Sie fuhren zurück zum Haus.

Kaum angekommen, öffnete Lara ihren Gurt, kletterte über Handbremse und Kupplungsknüppel und ließ sich auf Jans Schoß nieder. Jan schaltete den Motor aus und zog hastig die Handbremse, weil der Wagen ins Rollen kam. Lara, bemüht, sich möglichst aufreizend zurückzulehnen, stieß mit dem Ellbogen gegen die Hupe, woraufhin eine Schar Vögel aus den Bäumen in den Himmel schoss. Sie lachten. Jan öffnete die Autotür, dennoch dauerte es etwas, bis sie beim Aussteigen ihre Gliedmaßen entwirrt hatten. Im Haus klingelte das Telefon.

»Bestimmt meine Mutter mit Instruktionen.« Jan überwand die Treppe mit einem Sprung, schloss die Tür auf und verschwand im Inneren. Lara betrachtete sich einen Moment lang im Außenspiegel und gönnte sich selbst ein Grinsen. Auf der Schotterstraße hinter dem Haus strampelte ein Fahrradfahrer vorbei. Er winkte fröhlich; Lara winkte zurück.

Jan erschien wieder in der Tür, jetzt in alte Jeans mit Löchern an den Knien und ein ausgewaschenes T-Shirt gekleidet, Arbeitshandschuhe in den Händen.

»Kann ich dir helfen?«

»Du kannst die Leiter halten.«

Sie lehnten die Aluminiumleiter gegen die Hauswand. Lara stellte ihren Fuß auf die unterste Sprosse, während Jan nach oben kletterte. Ihr Blick hing an seinem abgewetzten Jeansboden. Ein guter Anblick. Am oberen Ende fixierte Jan den schabenden Ast an der Dachkante, dann fing er an zu sägen.

Drei Sekunden später klingelte Laras Handy. Jan hielt mit dem Sägen inne. Er signalisierte ihr, dass sie die Leiter loslassen konnte. Lara zögerte einen Moment, bevor sie den Anruf annahm.

»Hallo! … Ja, in Schweden. Mir geht's gut.« Laras Tonfall klang etwas flach. Jan gewann den Eindruck, hätte sie nicht die wacklige Leiter im Blick halten wollen, wäre sie ein paar Schritte zur Seite gegangen.

»Ja, ich weiß … Auf meinem Konto, wieso? … Mist, stimmt. Das hatte ich total vergessen. Naja, ich hatte 1800 Euro drauf, als ich los bin.« Sie murmelte etwas, während sie rechnete. »Etwa elfhundert. Kommt darauf an, wann die Kreditkarte abgerechnet wird. Wenn jetzt die siebenhundert runterkommen plus der Flug, wird es knapp. Ich bin am Montag daheim … Oder so. Ich zahl's dir zurück, sobald ich wieder da bin. Danke. … Nein, mein Flug geht über Amsterdam. Ich melde mich. Ciao.«

»Das war Papa.« Lara steckte das Handy zurück in die Beintasche ihrer Cargohose. Sie sah Jan nicht an, während sie erklärte: »Wir hatten einen Bausparvertrag für mich abgeschlossen. Ich hatte total vergessen, dass der Jahresbetrag diesen Monat abgebucht wird.«

Jan fokussierte sich darauf, dass er eine Säge in der Hand hatte und auf einer Leitersprosse vier Meter über dem Boden balancierte. Genauso konzentriert stellte er die zweite Frage, die ihm in den Sinn kam, denn die erste wäre gewesen, ob Paul von Laras Bestätigung, es hätte »Berührungen« gegeben, wusste.

»Weiß Paul, dass deine Mutter entbunden hat?«

»Bestimmt.«

Jan sägte den Ast ab, leerte die verstopften Regenrinnen, hängte eine Halogenlampe am Dachboden auf, dann kochten er und Lara Abendessen. Jan öffnete eine Flasche Wein, sie setzten sich in Decken gekuschelt auf die Terrasse, und gegen zehn Uhr hob Jan Lara hoch, um sie die Treppe hinauf ins Schlafzimmer zu tragen.

Am nächsten Morgen fuhr er Lara nach Arlanda zum Flughafen. Er blieb, bis die Maschine abhob. Es war das erste Mal, obwohl er schon oft Freundinnen zum Flughafen gebracht hatte, dass Jan bis zum Take-Off wartete, wie ihm selbst nur allzu scharf bewusst war. Er sah dem Flugzeug nach, bis es am Horizont verschwand. Er hatte sich schon besser gefühlt.

2

»Hallo Jan, ich bin's, Marina. Entschuldige, dass ich so spät anrufe, aber ich wollte dir nur kurz danken. Wegen Lara und weil du dich um sie gekümmert hast. Sie sieht so erholt aus! Mir fällt es erst jetzt auf, wo ich den Unterschied sehe, wie angespannt sie die letzten Wochen und Monate gewirkt hat.«

»Äh ... ja.« Jan massierte sich den Nacken. Es war Sonntagnacht, Lara seit vierzehn Stunden fort. Einfallslos fügte er hinzu: »Das macht bestimmt die Gotland-Bräune.«

»Nein, sie ist tatsächlich viel gelöster. Wir drei haben heute Nachmittag so unglaublich viel gelacht. Das wollte ich dir nur sagen. Und dass wir das alles schon irgendwie hinkriegen.«

»Ich ... errh. Marina, also du solltest wiss...«

»Oh, ich muss Schluss machen. Die Kleine schreit, und die Mädchen schlafen schon. Ich melde mich wieder!« Weg war sie.

Verdammt.

Vor Jan auf dem Schreibtisch lag eine Liste mit drei Punkten, die gegen die Verlässlichkeit von Radiokarbondaten der Eiszeit sprachen. Alles logisch, einleuchtend, durchschlagend argumentativ. Er griff sich einen Stift und fügte drei weitere Punkte hinzu:

• Halb so alt
• Tochter der Ex
• Sexuell missbraucht

Nach kurzem Zögern malte er ein Fragezeichen hinter den letzten Punkt.

Punkt eins, beschloss er, ließ er nicht gelten. Punkt zwei

allein war heikel genug. Punkt drei … Er schrieb einen weiteren Stichpunkt.

- Eskapismus?

Laras Satz vor der Fähre fiel ihm ein: Das hat nichts mit dir zu tun. Aber konnte er ihr glauben? Er wollte es gerne.

Lara meldete sich am nächsten Tag. Er vermutete, sie hatte gewartet, bis sie alleine war, bevor sie ihn anrief, denn sie sprachen ungestört über eine Stunde lang. Jans Chef schneite in der Zwischenzeit in Jans Büro, doch sobald er hörte, dass Jan Deutsch am Telefon sprach, flüsterte er nur: »Die Universität in Innsbruck?«

Jan nickte mit einem, wie er hoffte, bedeutungsschwangeren Gesichtsausdruck. Sein Chef, der kaum ein Wort Deutsch sprach, zeigte ihm Daumen hoch und verschwand wieder.

Lara erzählte Jan, dass Marie mager geworden sei. Marie behauptete, das läge an der englischen Kost, doch Lara fand sie auch sonst verändert. Introvertierter. Sie hatten über alles gesprochen – auch über ihn. Es wäre Lara komisch vorgekommen, Marie das nicht zu erzählen; sie hatten immer alle Männergeschichten geteilt. Marie hatte erst irritiert reagiert, dann hatte sie sich vor Lachen ausgeschüttet, weil sie sich vorstellte, wie Lara das Ganze ihrer Mutter beichtete. Lara hatte Maries Erheiterung nicht geteilt, deshalb hatte sie das Gespräch rasch auf Marie selbst gelenkt.

Ihre Schwester berichtete von Unikursen, skurrilen Dozenten, egozentrischen Kommilitonen und neuen Freundschaften. Dennoch blieb alles an der Oberfläche: nette Anekdoten ohne emotionale Beteiligung. Ansonsten berichtete Marie wenig. Auf Männer hätte sie keine Lust. Sie malte auch nicht, am Anfang des Trimesters noch, ja, doch es waren stressige Monate geworden. Sie hatte Ärger mit ihrem Zimmer gehabt, einen Rohrbruch in der Wand, lärmende Untermieter; bei ihrem Fahrrad war innerhalb von zwei Tagen die Gangschaltung kaputtgegangen. Ein paar Wochen Heimaturlaub mit Windelnwechseln und nächtlichem Geschrei erschienen ihr dagegen richtiggehend erholsam. Das war überhaupt das einzige Thema, über das sie mit wirklicher Begeisterung sprach: Stephanie.

Marie hatte immer ein kleines Geschwister gewollt, schon als Sechsjährige, erinnerte sich Jan. Am Anfang seiner Beziehung mit Marina hatte ihn Maries Insistieren auf Nachwuchs nervös gemacht, dann genervt und, sobald er sah, wie locker Marina die Quengelei abtat, ruhiggelassen. Mit Ende zwanzig und einer Mutter von zwei Kindern als Freundin hatte er keinerlei Drang verspürt, selbst reproduktiv tätig zu werden, im Gegenteil, manchmal war er nahe daran gewesen, sich sterilisieren zu lassen. Mit Mitte dreißig, als er langsam darüber nachzudenken begann – im Stillen, Marina verlor niemals ein Wort zu dem Thema –, hatte er es nicht geschafft, sich einzureden, diese kränkelnde Beziehung würde durch einen Gemeinsames-Kind-Automatismus ihren Börsenwert steigern.

Ihre Schwester hatte in England unter Heimweh gelitten, dessen war sich Lara sicher, obwohl Marie unbedingt im Ausland hatte studieren wollen. Jetzt wüsste sie nicht, ob sie das nächste Semester noch in England verbringen wollte. An dieser Stelle ihrer Erzählung legte Lara eine kurze Pause ein, um einen Schluck zu trinken. Im Hintergrund hörte Jan das Radio laufen. Er kannte den Song: ›Because of you‹ von Kelly Clarkson.

Lara sprach weiter: »Gestern sind wir alle früh ins Bett, dafür feiern wir heute Abend Stephanies Geburt nach. Wir grillen. Tante Inga und Onkel Rudi kommen auch. Ach ja, und es stimmt übrigens: Stephanie sieht aus wie Marie als Baby. Wir haben die Bilder verglichen. Hundertprozentig.« Leiser fügte sie hinzu: »Schade, dass du nicht hier bist.«

»Ja.« Er räusperte sich.

»Ich denke darüber nach, Medizin vielleicht doch noch nicht zu schmeißen und erst einmal ein Auslandssemester einzulegen.«

Jan spielte mit einem Kugelschreiber. Der Notizblock mit den Listen von gestern lag vor ihm. »In Stockholm?«

»Ja.« Es klang wie eine Frage.

Jan kratzte am Greenpeace-Werbezug auf dem Stift. »Eine Bekannte von mir arbeitet im Erasmussekretariat der Universität. Ich kann sie ja mal nach Unterlagen fragen.«

Es gefiel ihm, dass sie nicht cool genug war, um ihr befreites Ausatmen zu verbergen. Noch ein Glasfaserkabel mehr, und er hätte sogar das Hüpfen ihres Herzens durch das Telefon gehört.

»Lara, deine Mutter hat mich angerufen. – Äh, nicht wegen dir und mir.«

Sie unterbrach ihn hastig. »Ich habe ihr auch noch nichts erzählt.«

»Okay. Jedenfalls, sie sagte, ihr würdet das alles schon hinbekommen. Ich bin sicher, das tut ihr. Hilf ihr ein bisschen dabei.«

»Mach ich.«

»Das heißt nicht, dass du dich in alles hineinziehen lassen musst. Das wird Marina auch nicht wollen. Nur falls von … anderer Seite Druck kommt.« Verärgert von sich selbst und der eigenen Unfähigkeit, sich auszudrücken, rammte Jan sich das Kugelschreiberende gegen die Schläfe und knipste damit die Mine fort.

»Ich verstehe schon.«

»Okay. Von Mittwoch bis Freitag bin ich auf einer Konferenz in Göteborg. Wenn du mich erreichen willst, schick mir am besten eine Nachricht, dann rufe ich zurück, sobald ich kann.«

»Alles klar. Übrigens habe ich die alten Fotos ange-
schaut. Du siehst schon etwas anders aus als früher.«

»Das nennt man älter, Schätzchen.«

»Ja, aber im guten Sinne.«

»Dito.«

Das brachte sie zum Lachen. Kurz darauf legten sie auf.
Jan starrte einen Moment lang auf seinen Notizblock.
Dann malte er die Punkteliste bis zur Unlesbarkeit aus,
riss den Zettel ab und warf ihn zu einer Kugel geknüllt in
den Papiereimer.

Am Mittwoch, auf dem Weg zum Bahnhof, traf sich Jan
mit Åsa. Auf seine Email hin, in der er es bedauert hatte,
wie ihre Begegnung auf Djurgården verlaufen war, hatte
sie knapp geantwortet und diesen Termin vorgeschlagen.
Sie habe Unterlagen von ihm, eine DVD und einen Pullover, den wolle er sicherlich zurück. Jan selbst hatte nichts
von ihr in seiner Wohnung, nicht einmal, wie ihm auffiel,
ein Foto. Egal. Wenn er einst im Alter Inventur machen
sollte, wie bedeutend seine verschiedenen Beziehungen
gewesen waren, und dabei nach dem ging, was sich in seinen Schubladen und Fotoalben fand, stand die Siegerin
schon jetzt fest. Zumindest was selbst gemalte Bilder betraf mit Baum, Haus, Mensch, Sonnengesicht und Blume,
gekrönt von ›Für Jan‹ in Druckbuchstaben in sechs verschiedenen Farben. *Nachbesserungsfähig,* urteilte Jan.

Wahrscheinlich schufen solche Gedanken nicht die beste Voraussetzung für das Krisengespräch mit Åsa, aber Jan
konnte sich nicht helfen. Er hatte keine Lust auf diese Unterhaltung, doch die Unterlagen und den Pullover wollte
er zurück. Außerdem schuldete er Åsa einen stilvolleren
Abschied.

Seine Exfreundin trug trotz des regnerischen Tags einen

Wickelrock und ein weißes Top mit Wasserfallausschnitt. Åsa blieb sitzen, als Jan an ihren Tisch im Café des Bahnhofsgebäudes trat. Zur Begrüßung schob sie ihm eine Papiertüte entgegen. Jan warf nur einen flüchtigen Blick hinein. »Danke dir, Åsa!«

»Keine Ursache.«

Jan organisierte sich einen Cappuccino. Sie hielten sich zehn Minuten mit Smalltalk auf; Jan erzählte von Thomas' Projekt auf Gotland; Åsa vom Stand ihres Beitrags zur Ausstellung im Museum. Dann sagte Åsa unvermittelt: »Übernächste Woche feiere ich meinen Geburtstag mit ein paar Freunden. Wenn du magst, bist du eingeladen.«

Jan verstand das als Friedensangebot. Erleichtert ließ er sich auf seinem Stuhl zurücksinken und verschränkte die Arme hinter dem Kopf. »Ein halbrunder, nicht wahr?«

»Ich werde sechsunddreißig. Endgültig näher an vierzig als an dreißig.«

»Es ist ein tolles Alter.«

»Leicht gesagt, wenn dich der Freund gerade gegen eine Zwanzigjährige ausgetauscht hat.«

Oh-oh, also doch. Jan schielte zur Uhr. Noch achtzehn Minuten bis zur Abfahrt seines Zugs. »Das hat mit Alter nichts zu tun. Manche Dinge kann man sich nicht raussuchen.«

»Klar. Die große Liebe. Sag mal, gibt dir das nicht ein wenig zu denken?«

Sie klang nicht einmal zickig, eher neugierig. Jan stand dennoch auf. »Glaube mir, ich denke viel darüber nach. Mehr als du dir vorstellen kannst.« Während er nach seiner Tüte griff, konnte er es sich dann doch nicht verkneifen, nachzuhaken: »Hast du dich niemals für einen älteren Mann interessiert, als du jünger warst? Oder jetzt für einen jüngeren?«

»Doch, natürlich.« Eine schnelle Antwort, immerhin.

»Aber ich frage auch nicht nach ihr. Leider kann ich nicht so tun, als würde ich das Mädchen nicht verstehen. Ich frage nach dir. Nach deiner Motivation.«

»Hättest du meine Motivation vor fünfzehn Jahren ebenfalls in Frage gestellt?«

Åsa zuckte mit den Achseln.

»Schon interessant, nicht wahr, wie sich im Laufe der Jahre unsere Urteile verändern.« Jan griff nach seinen Sachen.

Åsa rührte sich nicht. »Vielleicht sollte ich mir Emmanuel Macron als Vorbild nehmen.« Der französische Staatspräsident, verheiratet mit einer vierundzwanzig Jahre älteren Frau, in die er sich als Teenager verliebt hatte. Sie hatten diese Geschichte beide großartig gefunden.

»Egal in welchem Alter, ein Mann kann sich mit dir glücklich schätzen, Åsa.«

»Ein anderer Mann.«

»Ich fände es trotzdem schön, wenn wir in Kontakt blieben.«

Ein weiteres Achselzucken. »Gute Fahrt!«, sagte sie.

Jans Zug fuhr pünktlich ab. Von unterwegs schickte er Lara eine Kurznachricht und erhielt umgehend eine Antwort: Sie und Marie hatten soeben ihren Einführungskurs im Wickeln erhalten.

– Ich glaube, Marie wird ein Wickel-Junkie. Sie findet alles süß, was aus Stephanie herauskommt.

Wieder besserer Laune packte Jan sein Handy fort. Draußen vor dem Fenster rauschten die Wälder Südschwedens vorbei. Jan hätte sich auf die Konferenz vorbereiten sollen, doch er verspürte keine Lust, sein Notebook auszupacken. Von Zeit zu Zeit wanderte sein Blick zu der Zeitung des Fahrgasts gegenüber und überflog die Überschriften. Ein Mord in Göteborg als Titelthema, ein Interview mit einem Minister, eine abgebrannte Scheune und steigende Einbruchszahlen, das übliche Klein-Klein des schwedisch-medialen Alltags. Dann, als der Mann erneut umblätterte, las Jan plötzlich: »Nachrichtensprecherin Opfer häuslicher Gewalt«.

Jan beugte sich vor. Er konnte den Text nicht vollständig lesen, weil die Zeitung knitterte, doch ein paar Halbsätze entzifferte er: »… vom Ehemann seit drei Jahren misshandelt. … verlassen und Anzeige erstattet.« Dazu ein Foto: ein langer Hals, das Gesicht von den Fingern des Zeitungslesers verdeckt.

Jan kniff die Augen zusammen und konzentrierte sich auf den Halsansatz der Moderatorin. Es mochte ein Knick im Zeitungspapier sein, was er dort erahnte, oder ein Pflaster. Er war sich nicht sicher.

Während Jan im Zug saß, hatte die schlimmste Woche in Marinas Leben bereits begonnen. Doch das sollte Jan erst zwei Tage später erfahren.

Am Dienstagabend fing Marina Lara auf der Kellertreppe ab, die einen Korb voll frisch duftender Wäsche nach oben trug. Das Kellerlicht warf kränkliche Schatten auf ihrer beider Teints.

»Du willst nicht mit mir reden, oder?«, fragte Marina mit der ihr eigenen Direktheit.

»Ich …« Mehr brachte Lara nicht heraus. Panisch schüttelte sie den Kopf. »Ich muss die Wäsche aufhängen.«

Marina legte eine Hand unter den Boden des Wäschekorbs, um einen Teil des Gewichts aufzufangen, weil Laras Arme zu zittern anfingen. »Mir ist klar, das ist nicht leicht für dich. Aber Lara, wir müssen darüber reden. Du gehst mir aus dem Weg, seit du zurückgekommen bist. Als ob du alles tust, um zu vermeiden, mit mir alleine zu sein. Ich weiß noch immer nicht, was genau eigentlich passiert ist.

Und ich muss es wissen, das verstehst du doch, oder? Nicht nur wegen Stephanie, auch wegen … vor allem wegen Marie.«

»Du hast dich doch schon von Papa getrennt«, krächzte Lara. Was immer sie hinzufügen wollte, erstickte in ihrer Kehle. Sie konnte nicht länger klar denken.

»Lara, du hast gesagt, euer Vater … er hätte Grenzen überschritten. Sag mir bitte, woher du das weißt. Hat Marie es dir erzählt? Hat Paul dich ebenfalls berührt? Sexuell, meine ich. Verdammt, gib mir doch etwas, womit ich arbeiten kann! Sag mir, was du weißt!«

»Was ist das hier?« Unter ihnen, in der Tür zur Vorratskammer, tauchte ein weiteres bleiches Gesicht auf, das Marina im ersten Stock an Stephanies Bettchen gewähnt hatte. Maries Finger krallten sich um eine Colaflasche. Sie starrte Lara an, als ob ihre Mutter gar nicht existierte. »Was soll Lara wissen?«

Frühlingshafte Sauberkeit stieg von der Wäsche in Marinas Nase, während sie einen Herzschlag lang die Augen schloss. »Etwas über euren Vater«, sagte sie.

Im nächsten Moment schleuderte Marie die Colaflasche nach ihrer Mutter. Das Gefäß prallte gegen Marinas Unterschenkel, dann rollte es die Treppe hinab zurück zu Marie, schäumend im Inneren. Doch das Plastik hielt dem doppelten Druck von innen wie von außen stand.

Lara schluchzte auf, ließ die Wäsche fahren und polterte die Treppe hinauf. Die Tür flog auf und hinter ihr wieder zu. Trampeln auf der Decke über ihnen, dann Stille. Marina, mit dem gerade noch aufgefangenen Wäschekorb in den Händen, schaute zur heftig atmenden Marie hinunter. Ihr Unterschenkel pochte, wo die Colaflasche sie getroffen hatte.

»Was seid ihr beide für verdammte Arschlöcher!«, brüllte Marie ihre Mutter an, und ihr Schrei kletterte die Treppe hinauf und weiter in den ersten Stock, wo Lara in ihr Zimmer stolperte, die Tür zuschlug und sich die Hände auf die Ohren presste.

Bis zum Abendessen wechselten sie kein weiteres Wort. Ohne Stephanies gelegentliches Blubbern oder Heulen wäre es ein totes Haus gewesen.

Von all dem hatte Laras Nachricht an Jan nichts erahnen lassen.

Am Tag nach dem Eklat verabredete Marina einen Termin bei einer psychologischen Beratungsstelle. Ihre Schwester, Lehrerin an einer Hauptschule, hatte ihr dazu geraten, »wegen der Gesundheit der Mädchen«. Außerdem behauptete Inga, im Falle eines Sorgerechtprozesses, bei dem das Thema Missbrauch aufkäme, würde früher oder später ein Gutachten verlangt werden. Das klang logisch. Also hatte Marina die Nummer angerufen, die Inga ihr heraussuchte. Sie hatte einen Termin am Freitagvormittag bekommen, bei einem Herrn Meiler-Duback. Doch wie sollte sie Lara und Marie zu dieser Verabredung überreden? Seit dem Vorfall auf der Kellertreppe waberte eine bizarre Waffenruhe durch das Haus, unterstützt von zahlreichen geschlossenen Türen. Wenn sie sich unterhielten, dann einzig über praktische Dinge.

Marina erwähnte den Termin bei der Beratungsstelle am Donnerstag beim Mittagessen. »Wir drei können offenbar nicht miteinander reden, aber so kann es nicht weitergehen.« Sie ging gar soweit, an Maries Adresse gemünzt, hinzuzufügen: »Ich glaube, sogar Stephanie leidet unter der miesen Stimmung in diesem Haus.«

Das Baby lag in Maries Armkuhle, während Lara und Marina aßen. Auf Maries Teller kühlten die Nudeln mit Pesto, Knoblauch und Parmesan aus. Lara erwiderte auf Marinas Ankündigung nichts, konzentrierte sich vielmehr darauf, die Nudeln auf ihrer Gabel aufzurollen.

Doch ein ängstlicher Seitenblick zu Marie verriet sie. Dann ein halbseitiges, kaum wahrnehmbares Nicken zu ihrer Mutter, mehr ein Senken des Augenlids, bewusst oder unbewusst verborgen vor ihrer Schwester. Sie würde mitgehen.

Marina knetete ihre Serviette, während sie wartete. Marie nahm das Spucktuch und wischte Stephanies sauberes Kinn noch sauberer. Marina bot an, die Kleine zu nehmen, damit Marie in Ruhe essen könne. Marie hatte keinen Hunger. Übrigens, berichtete sie beiläufig, würden sie und Lara heute Nachmittag mit ihrem Vater ins Café gehen. Paul hatte zwischen zwei Sitzungen Leerlauf, und so hatten sie sich verabredet.

Marina verspürte ein Ziehen in ihrer Brust. Ein weiteres sachtes Nicken von Lara bestätigte Maries Worte. Sorgfältig legte Marina ihre Gabel auf den Teller, strich die Knickfalte der Serviette nach, dann bot sie den Mädchen an, ihr Auto zu nehmen.

»Du hast Papa gar kein Foto von Stephanie geschickt«, sagte Marie.

»Nehmt die Kamera mit und zeigt ihm die Bilder. Abgesehen davon wird er sie bestimmt bald sehen.«

»Wann?«

»Nächste Woche.«

»Da arbeitet er doch.«

Marina war nahe daran, genervt zu entgegnen, es gäbe die Möglichkeit eines gemeinsamen Abendessens, aber der Gedanke daran, Paul spät am Abend im Haus zu haben, war zu verstörend. Der Abend war immer der intimste Abschnitt des Tages, zu sehr Familie, zu sehr Partner. Und wie ihn hinauswerfen, wenn die Mädchen ihn einluden, mit ihnen einen Film anzusehen, oder sie gemeinsam die Nachrichten einschalteten? Marina würde damit umgehen müssen.

Sie wollte das nicht. Sie wollte mit Paul über das Sorgerecht von Stephanie reden, das einzig und allein das ihre sein sollte.

»Wieso ladet ihr ihn nicht für Sonntagnachmittag ein? Oder Mittagessen von mir aus. Dann könnten wir abends zu Oma und Opa fahren und dort über Nacht bleiben.«

Marie war sofort Feuer und Flamme. »Ja, das machen wir! Dann kann er uns gleich seinen neuen Wagen zeigen.«

Lara griff sich ein Radieschen. »Der Termin morgen ist wann?«

»Um halb zwölf.«

»Ich wollte in die Stadt zum Einkaufen.«

Marina sagte, dagegen spräche ja nichts.

Am nächsten Morgen erhielt Lara Post von der Universität in Stockholm: Infomaterial für Erasmusstudenten, darunter ausführliche Informationen über das Medizinstudium in Stockholm. Marina hatte Lara den Großbrief ohne Nachfrage auf ihren Frühstücksplatz gelegt. Lara riss ihn, während sie eine Tasse Kakao, in Joghurt ertränkte Cornflakes und frisch gepressten Orangensaft in sich hineinschüttete, sofort auf. Sie schnatterte ihrer Mutter aus dem Inhalt vor, von den Vorzügen des Medizinstudiums in Skandinavien, davon, Professoren mit Du anzusprechen. Sie habe gestern sogar mit Papa darüber gesprochen, beim Kaffeetrinken, er fand die Idee reizvoll und würde sie unterstützen. Alles besser, als wenn sie ihr Medizinstudium schmeiße und etwas Geisteswissenschaftliches studiere, hatte Paul über seinem Erdbeerkuchen gebrummt, teils, weil er das wirklich dachte, teils, um Marie zu ärgern, die ihm daraufhin die Zunge bleckte und die Hälfte seines Kuchens stahl.

Marina murmelte, von ihr aus könne Lara studieren, was sie wolle. Hauptsache, sie würde glücklich mit ihrer Wahl.

Marie erschien an diesem Morgen spät zum Frühstück, lange nachdem Lara auf ihrem Zimmer verschwunden war. Marina hatte die Frühstücksreste auf dem Tisch stehen lassen, die Butter mittlerweile eine weiche Mousse, die Milch längst nicht mehr kühl. Bei Maries Hereinkommen stillte Marina oder versuchte es zumindest. Während sich Marie mit der Kaffeemaschine beschäftigte, begann Stephanie frustriert zu schreien.

»Was ist denn los mit ihr?«, fragte Marie. »Ich habe sie die halbe Nacht gehört.«

»Das mit dem Trinken mag nicht so klappen.« Marina versuchte die andere Brust.

»Woran liegt das?«

»Nicht an Stephanie.«

»Soll ich sie nehmen?«

»Ehrlich gesagt, habe ich gerade wenig Vertrauen in dich, dass du nicht wieder mit etwas um dich schmeißt, wenn ich dich bitte, mit uns zu diesem Termin bei der Beratungsstelle zu fahren.«

Marie stellte die Kaffeemaschine an, den Rücken ihrer Mutter zugewandt. Ihre nackten Zehen krümmten sich über den Küchenfliesen, als wollten sie sich in den Boden bohren.

Marina wusste, wie gefährlich das Spiel war, das sie spielte. Es konnte nur eine weitere Eruption folgen, denn was unterstellte sie Marie eigentlich? Womit drohte sie? Doch das Baby war im Moment der einzige Kitt, der ihre Familie zusammenhielt. Allein Stephanies gurgelnde, schreiende, liebenswerte Anwesenheit hatte die letzten Tage gerettet. Wenn die Kleine der Hebel war, der Marie dazu bewegte, mitzukommen, bei Gott, dann würde Marina ihn benutzen.

Sie war nicht stolz auf sich.

»Ich habe heute morgen mit eurem Vater telefoniert«,

fügte sie zur Versöhnung hinzu. »Wegen Sonntag. Er sagte, er hätte sich gefreut, dass ihr ihm gestern die Fotos und Videos von der Kleinen gezeigt habt.«

»Ich habe ihm die schönsten Aufnahmen gestern Nacht noch gemailt. Daran hättest du selbst mal denken können.«

»Ja, das hätte ich wohl.«

Stephanies Mund löste sich ein weiteres Mal von Marinas Brustwarze. Ihr zerknittertes Gesicht zeigte bittere Enttäuschung; kurz darauf schrie sie erneut. Marie drehte sich kurz zu ihrer kleinen Schwester um. Marina ließ ihre Besorgnis deutlich auf ihrem Gesicht erkennen.

»Ich gehe heute Nachmittag zum Arzt«, sagte sie.

Marie nickte bloß. Marina wartete einige Sekunden, dann erhob sie sich mit dem schluchzenden Baby auf dem Arm und überließ Marie ihrer Entscheidung.

Um viertel nach elf saßen Marina, Lara und Marie im Wartezimmer der psychologischen Beratung, ohne zu reden, jede vorgeblich in eine Zeitschrift vertieft. Das Baby schlummerte in einem Tragewickel vor Marinas Brust. Neben ihnen saß ein aufgequollener Junge, der einzelne Seiten aus einem japanischen Manga herausriss, welches er sich aus dem Stapel der ausliegenden Hefte gepflückt hatte. Seine fettleibige, Jogginganzug tragende Mutter hielt es nicht für nötig, ihn daran zu hindern, während sie ihre Einjährige unbeaufsichtigt auf dem Balkon herumkrabbeln ließ, wo die Kleine ihren Kopf durch die Streben der Balkonbrüstung steckte, bis es Marina ganz schlecht wurde. Marina musterte die Familie aus den Augenwinkeln und dachte ständig, dass sie hier nicht hingehörte. Ihre Mädchen auch nicht.

Herr Meiler-Duback war ein Mann Anfang fünfzig mit

buschigen Augenbrauen und feucht glänzenden Lippen. Sein unsteter Blick passte nicht zu der klaren Pastorenstimme, der olivfarbene Rollkragenpullover nicht zum Wetter. Er bat sie in einen Raum mit zwei geöffneten Fenstern sowie bequemeren Stühlen als im Wartezimmer und fragte nur kurz, wer wer sei. Er gab jeder die Hand, dann verkündete er, er wolle gerne zunächst mit Frau Berckmann alleine sprechen, danach kurz mit den Töchtern. Er hielt Marina die Tür auf und ging ihr dann voraus zu einem weiteren Zimmer auf der anderen Flurseite.

Marina schilderte die Situation in knappen Worten. Sie eröffnete mit Nadines Aussage und mit der einzigen Bestätigung durch ihre eigenen Töchter: Laras Bemerkung Jan gegenüber. Ein einzelner Satz, es hätte »Berührungen« gegeben, mehr nicht. Sie erwähnte Laras untypisches Verschwinden, Maries heftige Reaktion am Telefon, nachdem Marina sie auf Nadines Behauptung angesprochen hatte. Sie beschrieb, wie nahe ihr aller Verhältnis immer gewesen war, und dass sie gehofft hatte, es würde wieder so werden, bis zum Eklat vom Wochenbeginn. Eine Colaflasche war geflogen. Nein, einen weiteren Ausbruch an Gewalt habe es seitdem nicht gegeben, und ja, sie redeten vernünftig miteinander. Wieso Herr Meiler-Duback vernünftige Unterredungen für ein glückliches Zeichen hielte, fragte Marina irritiert. Glück hätte ihrer Erfahrung nach wenig mit Vernunft zu tun.

Sie kehrten zum eigentlichen Thema zurück. Auf Nachfrage gab Marina zu, das Verhältnis der Mädchen zu ihrem Vater sei gut; sie selbst spräche im Moment kaum mit ihrem Ehemann. Nein, bislang nicht über Belange, die Stephanie beträfen, sie hätte sich eine Auszeit erbeten und Paul respektiere das. Die Kleine sei ihr drittes Kind, das wäre korrekt, und ja, sie sei dreiundvierzig. Herr Meiler-Duback stellte einige weitere Fragen, keine, die Marina überraschte. Sie hatte damit gerechnet, dass er ihre Ehe hinterfragen würde. Ob ihr Mann fremdgegangen wäre oder eine neue Partnerin hätte. Wie ihr eheliches Verhältnis gewesen, wie es zu der Aussage der Tochter der Nachbarin gekommen wäre. Außerdem fand Meiler-Duback es erstaunlich, dass Lara sich ausgerechnet Frau Berckmanns Expartner gegenüber geäußert haben sollte. Nein, das erstaunte sie nicht; Jans Verhältnis zu Lara und Marie war eng gewesen; sie vertrauten ihm. Ob es Auffälligkeiten im Verhalten der Mädchen gegeben habe? Wie alt seien sie bei den angeblichen Berührungen durch ihren Vater gewesen? Mindestens vierzehn, antwortete Marina, Lara etwas älter. Demnach nähme sie an, Lara wäre ebenfalls von sexuellen Übergriffen durch Herrn Berckmann betroffen? Marina schüttelte den Kopf, sie wisse es nicht. Aber deshalb sei sie ja hier: um Gewissheit zu finden.

Meiler-Duback fragte, was Marina für den Auslöser der Labilität ihrer Töchter hielte. Nein, er frage sie nicht nach Herrn Berckmanns Trieben, sondern wieso das Ganze kürzlich auf den Tisch gekommen war. Ach ja, Marinas Schwangerschaft, die Familienstruktur ändere sich. Womöglich glaubte Lara, Stephanie schützen zu müssen, vermutete Marina, dabei war es doch Marie, die sich wie eine Glucke aufführte.

Am Schluss lehnte sich Meiler-Duback vor, die Hände gefaltet, und erklärte, wie er weiter vorzugehen dachte. Da die Töchter volljährig waren, würde er sie einzeln zu sich bitten und mit ihnen unter vier Augen sprechen. Herausfinden, ob sie reden, ob sie Hilfe wollten. Das wäre keinesfalls ein richtiges Diagnose- oder Therapiegespräch, dazu würde er eh auf Dauer eine Privatpraxis empfehlen. Der Inhalt der Gespräche sei freilich vertraulich.

Marina nickte zu allem. »Ich kann die Mädchen das nicht fragen«, flüsterte sie.

Meiler-Duback bat sie, ihm zunächst Lara zu schicken, die Ältere, »die bereits gesprochen hat«.

Marina wartete zwanzig Minuten mit einer verstockt schweigenden Marie, bis Lara totenbleich und mit zu einem Strich gepressten Lippen von der Unterredung zurückkehrte. Ohne ihre Schwester anzusehen, erklärte Lara Marie kurz, in welches Zimmer sie gehen solle.

»Hast du etwas zu essen in deiner Tasche?«, fragte sie, sobald Marie verschwunden war. Marina reichte Lara wortlos eine Tüte Studentenfutter, die Überreste ihrer Schwangerschaftsnotfallration.

»War es okay?«

»Nein.« Laras Unterlippe zitterte. Hastig schob sie sich eine Handvoll Nüsse in den Mund. »Aber ich habe zugesagt, am Dienstag wiederzukommen.«

Marina streckte eine Hand aus, nahm Laras und drückte sie fest. Lara ließ es zu, doch sie wich Marinas Blick aus.

Zehn Minuten vergingen. Die längsten in Marinas Leben. Dann Maries wütendes Geschrei, von Tränen verzerrt und unverständlich. Eine Tür knallte wie ein Gewehrschuss. Trampeln. Marina eilte zur Tür. Stephanie erwachte und hob zu brüllen an. Lara blieb regungslos sitzen, die Aufmerksamkeit in eine Ecke gerichtet, wo sich eine fette haarige Spinne einem Weberknecht näherte. Meiler-Duback stand im Gang und kratzte sich am Kinn.

»Was ist passiert?«

»Sie blockt.«

Um das zu wissen, brauchte Marina keinen Psychologen. Sie rannte hinaus, genauso türknallend wie Marie vor ihr. Auf der Straße sah sie ihre Tochter um die Ecke verschwinden, immerhin in Richtung Auto. Marina zwang sich, langsamer zu gehen. Sie barg Stephanies Köpfchen in der Hand, doch die Kleine hörte nicht auf zu schreien.

Beim Wagen angelangt drehte Marie ihr den Rücken zu. Marina schloss auf. Marie setzte sich auf die Rückbank.

Eine Minute später gesellte sich Lara zu ihnen. Auf der Fahrt nach Hause starrten beide Mädchen aus dem Fenster. In getrennte Richtungen.

Nach seiner Rückkehr aus Göteborg versuchte Jan, Lara auf ihrem Handy zu erreichen, aber es war ausgeschaltet. Sie und Marie wären ins Kino gegangen, berichtete Marina, die auf Jans Klingeln über Festnetz abnahm, wenngleich in unterschiedliche Filme. Dann erzählte sie Jan von den Dramen der vergangenen Tage. Niemals, vertraute Marina ihm an, hätte sie sich hilfloser gefühlt als nach dem Gespräch mit Meiler-Duback. Immerhin schien Lara sich jetzt zu bewegen. Doch mit Marie wurde es immer schwieriger, und zu allem Überfluss schlug der Stress auf Marinas Milchbildung durch, dabei schrie Stephanie sie nachts eh schon alle zwei Stunden aus dem Schlaf. »Ich laufe am Anschlag, Jan.«

Als Lara Jan am nächsten Morgen zurückrief, erwähnte Lara den Termin bei der Beratungsstelle mit keinem Wort. Sie war ihm gegenüber nicht anders als sonst, neckte ihn und hatte angefangen, die Unterlagen von der Stockholmer Universität durchzuarbeiten. Die nächsten Tage würde sie erst einmal ihre Zeugnisse und Bescheinigungen zusammensuchen. Sie hatte einen Untermieter für ihre Studentenbude aufgetan, der ein Praktikum in Erlangen absolvierte. Lara wollte die Zeit zuhause verbringen, jetzt, wo Stephanie so klein war. Am Mittwoch würde sie den Schlüssel übergeben und ihr Zeug rausschaffen. Dann würde sie sich im Erasmussekretariat der Uni über ein Auslandsjahr informieren.

»Klingt, als hättest du dich entschieden«, bemerkte Jan.

»Es gibt da das ein oder andere gute Argument für Stockholm. Rein wissenschaftlich, versteht sich.«

Das wäre sein Stichwort gewesen, um zu mahnen, Lara solle tatsächlich gute Gründe für ein Auslandssemester in Stockholm haben, fachliche Gründe, Karrieregründe, um Erfahrungen zu sammeln, Fremdsprachenkenntnisse. Dass sie es nicht seinetwegen tun sollte. Stattdessen fragte er: »Was machst du heute Abend?«

»Marie hat den Dachboden nach unseren Kindersachen durchwühlt und eine alte Flipper-DVD aufgetan. Wir wollen uns ein paar Folgen reinziehen, so aus Nostalgie.«

Jan stöhnte auf. »Wenn ich mich an diese Nachmittage erinnere! Das waren die Momente, wo ich mich immer gefragt habe, wieso Marina eigentlich keine zwei Söhne haben konnte. Flipper! Und dann standet ihr auch noch auf diese fade blonde Hühnerbrust.«

»Sandy.«

»Genau. Da warst du zwölf oder so.«

»Marie stand auf Sandy, nicht ich. Ich dachte immer: Was will sie denn mit dem? Der Vater sieht doch gut aus.« Sie seufzte theatralisch. »Porter Ricks.«

Ihr Lachen, fand er, klang herzhaft und echt.

Später am Tag traf sich Jan mit Johan und Mette zum Pizzaessen. Es gab keinen Anlass, aber die beiden behaupteten, er bräuchte Abwechslung. Außerdem, gab Mette unumwunden zu, sei sie so neugierig wie eine Katze. Sie hatte nicht zu viel angedroht. Kaum hatten sie ihre Pizzen und Salate bestellt, stemmte Mette beide Ellenbogen auf den Tisch, legte ihr Kinn auf die verschränkten Hände und fragte: »Also, was ist jetzt zwischen dir und deiner Deutschen?«

Johan warf entschuldigend die Hände in die Luft.

»Schatz, du hättest wenigstens auf den Wein warten können.«

»Wozu?«

»Damit Jan sich in unserer Gesellschaft wenigstens fünf Minuten wohlfühlt.«

»Unsinn. Nun?«

»Lara ist wieder in Deutschland. Sie überlegt, hier ein Auslandssemester zu machen.«

»Dann hast du trotz dieser Geschichte mit ihr geschlafen?«

Johan winkte hektisch nach dem Kellner mit dem Wein. Der ginge auf ihre Kosten, wie er hinzufügte.

Jan hatte sich zurückgelehnt. Er hielt Mettes Blick solange fest, dass Johan mit jeder Sekunde nervöser wurde. Dann griff Jan plötzlich nach ihrer Hand und drückte sie. »Danke«, sagte er.

Verblüfft überließ sie ihm ihre Finger. »Wofür?«

»Weil du mir gerade dabei geholfen hast zu entscheiden, wo meine Loyalität liegen sollte.«

»Jahâ?«

»Nämlich einzig bei der Lara, die ich kenne.«

Der Gedanke kam mit einer Gewissheit, die auf einen Schlag seine Zweifel hinwegfegte. Jan würde das, was zwischen ihm und Lara geschehen war, nicht verteidigen. Er würde Laras Gefühle nicht abwerten, indem er sie dem Urteil und den Erwartungen anderer überließ.

»Ich denke, Lara und ich haben einen ganz guten Start hingelegt. Und vielleicht müssen wir alle lernen, uns von schwierigen Umständen nicht beherrschen zu lassen. Ja, natürlich frage ich mich, wie ich unterscheiden kann, ob ihre Gefühle unverfälscht sind, unbeeinflusst, oder ob sie irgendwie kaputt sind. Ob ich einfach das Schlimmste annehmen und mich auf die Erwartungen unserer Gesellschaft zurückretten sollte. Aber wie vermessen ist das? Ist es nicht auch eine Frage von Respekt, Lara zuzugestehen, dass sie in freier Wahl ihr eigenes Schicksal entscheidet, anstatt ihr gleich von Beginn an krankhaften Zwang in ihrer Partnerwahl und ihren Beziehungen zu unterstellen?«

Mette beugte sich ebenfalls vor. »Du sprichst von Resilienz, Jan, von der Widerstandskraft einer Seele. Aber gleichzeitig scheint Lara den Konflikt mit ihrer Familie zu vermeiden. Vielleicht ist sie viel verletzlicher als du annimmst.«

»Ich weiß, dass ich auf Lara aufpassen muss. Aber ich weiß auch, dass sie bei mir glücklich ist. Gesund.«

»Jan, sie braucht dich. Das ist keine Grundlage für eine Beziehung. Das alles nicht.«

»Ist das dein Rat, Mette?«

Mette zog ihre Hand zurück. Nach einer Weile schüttelte sie den Kopf. »Ich habe keinen Rat für dich, Jan. Ich hoffe nur, dass du Recht hast und Lara in der Lage ist, klare Linien zu ziehen.«

Lara vermisste Jan. Sie saß in einem Café in der Nähe des Nürnberger Hauptmarktes, mit Blick auf die dahinkriechende Pegnitz. Sie hatte der Stimmung im Haus entfliehen müssen, nachdem Marie den verabredeten Flippermarathon am Vorabend ins Wasser hatte fallen lassen. Während Lara eine Schüssel Guacamole als Dip für Tacos und Weißbrot verfeinert hatte, war Marie in der Küche erschienen, komplett aufgetakelt, hatte sich zwei Scheiben Brot geschnappt und war fast schon zur Tür heraus, ehe Lara reagierte. »Wo willst du hin? Wir wollten doch zusammen Flipper anschauen.«

Marie hatte eine frisch gezupfte Augenbraue in die Höhe gezogen. »Schwesterchen, nicht so uncool! Ich gehe mit Papa ins Theater. Hat er dir nichts gesagt?«

Laras Hand mit dem Küchenlöffel erstarrte. »Nein, hat er nicht. Wieso?«

»Soweit ich weiß, hat er drei Karten geschenkt bekommen. Komisch, dass er dir nicht Bescheid gegeben hat.« Maries rauchig geschminkte Augen hingegen signalisierten: Wir wissen beide genau, weshalb du nicht mitkommst.

Lara traf diese Attacke ohne Vorwarnung. Ihr erster Gedanke war, dass Marie log, dass es sich um ein Missverständnis handelte. Oder hatte ihr Vater tatsächlich nur Marie gefragt? Glaubte sie das? Was hatte Marie ihm erzählt? Oder ihre Mutter? Laras bebende Hände sandten seismische Wellen durch die Avocadocreme. Marie hingegen schien sich an Laras Reaktion zu weiden. Sie wünschte ihrer großen Schwester einen angenehmen Abend und verschwand.

Lara hatte die halbfertige Guacamole in den Abfall gekippt. An diesem Abend hatte sie nichts gegessen. Sie hatte auch nicht Flipper geschaut, sondern sich in ihrem Zimmer eingeschlossen und Musik gehört. Sie hatte versucht, Jan anzurufen, aber sein Handy war ausgeschaltet. Wo steckte er?

In ihrer düsteren Stimmung hatte sich ihre Fantasie auf die Frage gerichtet, was passieren würde, wenn Jan Åsa wiedersah. Immerhin war sie selbst weit weg. Was, wenn er alles für einen Riesenfehler hielt? Sollte sie nach Stockholm fliegen? Aber was dann, ohne Studienplatz, ohne Plan, ohne Job? Was, wenn Jan sie nicht bei sich haben wollte? Was würde ihre Mutter sagen? Bestimmt würde sie einen Anfall kriegen – ein weiteres Gespräch, das Lara am liebsten bis zum Sankt-Nimmerleins-Tag aufschieben würde.

Lara kramte nach ihrer Sonnenbrille und versteckte ihre Augen hinter dem getönten Glas. Sie hätte sich gerne mit Jan zusammen an das Brückengeländer über dem Fluss gestellt, ihn in ihrem Rücken gespürt, wie er sie von hinten in die Arme nahm. Oder sie hätte ihn in einen schattigen Hauseingang gezerrt, den Blicken der Flanierenden entzogen. Ihre Lippen prickelten, als sie die Bilder vor ihrem geistigen Auge weiterspann.

Lara griff nach ihrem Smartphone und schrieb Jan einen Text. Sie feilte zwanzig Minuten daran. Erst textete sie, dass sie mit Marie aneinandergeraten war, dann, dass sie am Fluss säße und an ihn dachte. Am Ende bestand ihre Nachricht aus nur zwei Worten, und die waren nicht originell: Miss you.

Lara drückte auf Senden und fühlte sich etwas besser. Sie tastete nach den zwei dünnen Zöpfen, die sich von ihrer Schläfe nach hinten zogen. Heute früh hatte Marie so getan, als wäre am Abend zuvor nichts geschehen. Sie hatte sogar angeboten, Laras Haare zu flechten, und Lara war über sich selbst erschrocken, mit welcher Gier sie jegliches Friedensangebot ihrer Schwester annahm.

In ein paar Stunden würde ihr Vater bei ihnen aufschlagen, zu Kaffee und Kuchen. Sollte sie dann nachhaken, weshalb er sie nicht gefragt hatte, ob sie mit ins Theater käme? Sie wünschte, sie hätte den Mut.

Eine Stunde, nachdem er Laras Miss-you-Nachricht gelesen hatte, stellte Jan beim Durchblättern seines Kalenders fest, dass er ab Montag nächster Woche frei hatte. Ursprünglich hatten er und Åsa Urlaub in Jämtland geplant. Sie hatten nichts gebucht, der Plan hatte vorgesehen zu wandern, zu campen und zu schauen, was denn wäre, wenn sie beide zum ersten Mal längere Zeit aufeinanderhockten, ein Test im Dienste der Vermeidung emotionaler Zeitverschwendung.

Jans erster Kurzurlaub mit Marina und den Mädchen

hatte sie an den Gardasee geführt. Es war Pfingsten gewesen, ein halbes Jahr, nachdem er und Marina zusammengekommen waren. Damals kam es Jan gar nicht in den Sinn, den gemeinsamen Urlaub als Beziehungstest zu verstehen. Er wollte Marina, so einfach war das, und er war willens, dafür sogar die beiden Kinder in Kauf zu nehmen. Marina war abgeklärter gewesen. Sie wollte ihrem neuen Freund ohne Einschränkung bewusstmachen, auf was er sich einließ. Sie bräuchte das Ganze, sagte sie, keine Ich-komme-sobald-die-Kinder-im-Bett-sind-Beziehung. So hatten sie sich auf diesen Urlaub geeinigt. Eine einzige Woche als Testlauf der Familienkompatibilität, gleich in der Hardcore-Variante mit Zelten. Jan hatte die Vorstellung gepflegt, er und Marina in einem Zelt, die Mädchen im anderen, doch Marie hatte ihm bereits in der ersten Nacht einen Strich durch die Rechnung gemacht. Sie wollte partout bei ihrer Mama schlafen, und sie hatte Angst, nachts im Dunkeln im Zelt, war ja klar. Am Ende hatten die drei Frauen in einem Zelt geschlafen und Jan allein im zweiten, bis auf die Zeit zwischen Einschlafen der Mädchen und eigenem Zu-Bett-Gehen, in der Marina seinen Schlafsack gewärmt hatte. Bergsteigen war nicht möglich, dafür waren die Mädchen zu klein und außerdem zu lustlos aufs Laufen. Nach drei Tagen ständigen Meckerns hatte er dann doch einen gemeinsamen Nenner mit ihnen gefunden: Klettern. Die Mädchen hatten es vom ersten Felsen an geliebt. Ihr blindes Vertrauen in Jan hatte ihn im Sturm erobert. Es hatte ein Band gestrickt, das Marina mit einschloss, die nie eine Sekunde lang daran zu zweifeln schien, dass ihre Töchter bei Jan in sicheren Händen waren, selbst dann, wenn sie meterhoch über ihrem Kopf baumelten. Kichernde Äffchen.

Miss You.

An Laras Handy nahm niemand ab, daher wählte Jan

die Festnetznummer. Es klingelt einmal, dreimal, fünfmal. Erst nach dem siebten Klingeln wurde der Hörer abgenommen.

»Berckmann.« Eine männliche Stimme.

Jan wäre fast vom Stuhl gekippt. »Oh. Hallo Paul, hier ist Jan. Wie geht es dir?« Er hätte sich am liebsten die Zunge abgebissen.

»Jan. Das ist ja eine Ewigkeit her. Danke. Und selbst?« Kühl und geschäftsmäßig, wie immer. «Wolltest du Lara oder Marina sprechen?«

Das war jetzt doch unangenehm. »Äh, egal. Beide.«

»Marie und Lara inspizieren gerade meinen neuen Wagen. Sie wollen unbedingt eine Probefahrt machen. Marina ist mit draußen, um ihnen einen Klotz unter das Gaspedal zu kleben, wenn ich das richtig verstehe.«

»So viel PS?«

»Noch im Rahmen: etwas über 200. Ich richte ihnen aus, dass du angerufen hast.«

»Danke. Na dann, viel Spaß mit dem neuen Auto!«

Jan presste den Auflegen-Knopf, knallte das Telefon auf seinen Couchtisch und ließ sich stöhnend in die Kissen plumpsen. Nach zehn Minuten ergebnislosen Brütens entschied er sich, spontan in die Halle zum Bouldern zu gehen. Doch zuvor schickte er Lara eine Nachricht:

– Habe dich eben nicht erreicht und bin morgen den ganzen Tag auf Doktoranden-Exkursion. Tel am Dienstag? Miss you, too.

Es war Marina, nicht Lara, die sich am späten Abend – sie waren in Feuchtwangen bei ihren Eltern – bei ihm meldete. Es kam Jan wie eine tägliche Berichterstattung vom Kriegsschauplatz vor. Bereits die Art wie Marina ihn begrüßte, verriet ihre Anspannung. Sie war fertig mit den Nerven, dabei hatte sie die letzten Stunden damit zugebracht, sich nichts anmerken zu lassen. Sie stünde nahe am Mord, zischte sie ins Telefon, und Jan hörte im Hintergrund das Nörgeln ihrer Mutter. Da schwante ihm, aus welcher Richtung Marina keine Hilfe zu erwarten hatte.

Marina war eine Nachzüglerin, das jüngste Kind von Eltern, die niemals ihre Kleinstadt verließen und nicht verstehen konnten, wie sie zu dieser Tochter gekommen waren, die manches richtig und das meiste falsch machte: Der erste Freund mit sechzehn – Gott bewahre –, der zweite ein Ingenieur, das schien vielversprechend. Dann diese Las Vegas-Hochzeit, wie hatten die Nachbarn die Eltern wegen Marinas Rücksichtslosigkeit bedauert! Aber die Enkelinnen, so brave Mädchen, und der Hausbau, alles schien sich zu ordnen. Bis zur Scheidung. Es folgte Jan, der »Ausländer mit dem guten Deutsch«. Wie konnte Marina nur einen Fremden bei sich und den Kindern einziehen lassen? Sieben Jahre später erneut Paul, dieser »großzügige Mann und so geduldig!«, die zweite Heirat. Endlich schien alles ordentlich. Bis jetzt.

Als Jan Marina fragte, was sie ihren Eltern erzählt hatte, antwortete sie bitter: »Zu viel.«

Tradition, Besserwisserei, Unverständnis, die unbewusste Einstellung zugunsten der immanenten Schuld der Frau, das Tabu des Körperlichen, was auch immer: Marinas Mutter hatte es fertiggebracht, Marinas Schulter zu tätscheln und zu flüstern, dass es in jedem Leben einer Frau schwierige Phasen gebe und dass Zorn nicht den Nährboden ausmachen dürfe, auf dem man etwas glaubte, was ein albernes Mädchen daherredete. Die Ehe mit Paul wäre doch gut, das erste Mal war Marina einfach noch zu jung gewesen. Bestimmt handelte es sich nur um Missverständnisse, Irrtümer. Marina solle das Ganze ignorieren, weniger hysterisch reagieren. Die jungen Leute logen doch oft.

Marina war ausgerastet, wenn auch nicht sofort. Sie hatte gewartet, bis Lara und Marie sich in den Keller vor den zweiten Fernseher zurückgezogen hatten, dann hatte sie Stephanie sorgfältig aus den Armen der Großmutter gepflückt, auf ein Abtrockentuch auf den Küchenboden gelegt und sich ihren Eltern zugewandt. Marina hatte die Hände um eine Stuhllehne gekrallt, während sie ihre Eltern davor warnte, sich in ihr Leben, in das ihrer Töchter, einzumischen. Sollten sie nur ein Wort dessen, was ihre Mutter eben in Marinas Ohr gemurmelt hatte, Marie oder Lara gegenüber verlieren, dann würde es das letzte Mal sein, dass sie Marina sahen. Ob ihre Eltern sie verstanden? Marie und Lara waren erwachsen, ihnen konnte Marina nicht vorschreiben, wen sie sahen, wen sie trafen, mit wem sie telefonierten. Aber sie selbst würde für sich und Stephanie sämtliche Konsequenzen ziehen. Sämtliche! Sie würde nicht zulassen, dass dieser Verdacht unter einen Teppich des Schweigens gekehrt würde, um die Erwartung der Alten zu erfüllen oder den Anschein zu wahren. Ob das angekommen sei?

Die Auseinandersetzung mit Marinas Eltern hatte dem Drama dieses Tages jedoch nur die Krönung aufgesetzt. Vorher, am Nachmittag, kurz bevor Jan angerufen und Paul an die Strippe bekam, war Paul wie verabredet zum Kaffee erschienen. Es hatte Nusskranz mit Sahne gegeben, die Gespräche am Tisch zwischen den einzelnen Bissen wie früher, ein Wechselspiel aus Banalitäten, Organisatorischem, allgemeinem Familieninformationsfluss und kleinen Scherzen. Bizarr in ihrer Alltagsnatur. Paul hatte mit Stephanies Fingerchen gespielt, aber taktvoll nicht den Versuch unternommen, sie in den Arm zu nehmen, obwohl Marie ihn regelrecht dazu drängte.

Während Marina, unterstützt von Lara, das Geschirr hinaustrug, hatte Paul mit dem Schlüssel seines neuen

Wagens gewedelt und gefragt, ob die Mädchen ihn ausprobieren wollten. Als Marina aus der Küche zurückkehrte, war Marie auf Pauls Schoß gesessen. Lachend, da sie versuchte, an den Autoschlüssel zu gelangen, den Paul hoch über seinem Kopf außerhalb ihrer Reichweite hielt. Marina war zurück in die Küche geflüchtet und dabei mit Lara kollidiert. Scheppernd waren zwei Tassen und ein Teller auf den Fliesen zerbrochen, Maria-Weiß-Hochzeitsgeschirr aus einem anderen Leben. Betreten, weil sie sich schuldig fühlte, hatte Lara Handbesen und Schaufel geholt und die teuren Scherben zusammengekehrt. Eine viertel Stunde lang schloss Marina sich auf dem Klo ein, bis sie sich soweit gefangen hatte, um nach draußen zu gehen, wo ihre Töchter Pauls neues Auto bewunderten. Das waren die Minuten gewesen, in denen Jan angerufen hatte.

Die Mädchen hatten eine Spritzfahrt unternommen. Lara war gefahren, Marie bloß Beifahrer, weil die Versicherung des Wagens nicht zuließ, dass Untereinundzwanzigjährige damit fuhren. In der Zwischenzeit hatte Marina mit Paul gesprochen. Sie hatte ihn aufgefordert, auf das Sorgerecht für Stephanie zu verzichten. Er würde die Kleine besuchen, nur nicht alleine mit ihr bleiben dürfen. Lara und Marie stünde es frei, Kontakt mit ihm zu halten, sie waren erwachsen, und Marina respektierte ihren Willen. Marina würde Paul dennoch darum bitten, dass er nichts mit ihnen alleine unternahm, wie über das Wochenende wegfahren. Oder sie bei sich übernachten lassen.

Marinas Erzählstil war zu diesem Zeitpunkt fahriger geworden. Sie legte gar für fünf Minuten den Hörer auf. Paul hatte abermals abgestritten, dass er die Mädchen auf eine Art berührt haben sollte, die sie hätte verletzen, ihnen Schaden zufügen können. Er liebte seine Kinder. Sollte einem Vater denn jeglicher Körperkontakt verboten sein? Ein Kuss, ein Streicheln – Hände weg, du Schwein? Marina wüsste doch, wie nahe er seinen Kindern stand, wie wichtig ihm ihr Schutz, ihre Gesundheit waren. Er würde alles für sie tun. Er wolle keine zweite Scheidung, und vor allem bestand er darauf, dass Stephanie auch sein Kind war. Er hatte sie sich gewünscht, anders als Marina, deutete er an, als ob das ein Argument wäre. Er würde für sie sorgen, er wollte bei ihren Schulauftritten dabei sein, mitsprechen, wenn es um Kindergarten, Klassenfahrten, Piercings ging. Er würde sich nicht aus seiner Verantwortung stehlen, denn die Sorge für sein Kind war seine Pflicht, nicht nur ein verdammtes Recht, das er gedankenlos abschütteln könne.

Kurz, sie hatten sich nicht über das Sorgerecht geeinigt. Am Montag würde sich Marina einen Termin bei einem Anwalt geben lassen; die Telefonnummer hatte sie schon. Dann würde es in die nächste Runde gehen.

Als Jan sich am Dienstag in der Mittagspause bei Lara meldete, erwähnte sie sofort ihren zweiten Termin bei Meiler-Duback. Die Selbstverständlichkeit, mit der sie den Namen des Psychologen in den Mund nahm, verriet, dass Lara wusste oder annahm, dass Marina Jan von ihrem gemeinsamen Besuch bei der Beratungsstelle erzählt hatte. Langsam schlug Jan dieses mehrgleisige Telefonieren auf den Magen.

Lara klang, fand er, erschöpft. Unumwunden gab sie zu, sie hätte die letzten Nächte nicht gut geschlafen. Und sie hatte sich mit Marie gestritten, worüber sagte sie nicht.

»Es ist interessant, wie sie mit dir reden«, erzählte sie über die Beratungsstelle, ohne sich zu den Inhalten der Gespräche zu äußern. »Dieser Meiler-Duback ist mir nicht wirklich sympathisch.«

Jan wartete. Es klackte im Hintergrund. Lara und Marie

hatten ihre alten Spielsachen aus den Kartons am Dachboden geholt, darunter einen Zauberwürfel und einen Abakus. Stephanie mochte dafür zu klein sein, Lara jedoch lange nicht zu alt.

»Du könntest auch zu jemand anderen gehen.« Täuschte er sich, oder wurde das Klacken hektischer? Gib ihr Raum, sagte Jan sich. Dränge sie nicht. Er war froh, dass sie von sich aus das Thema angeschnitten hatte.

»Ja, vielleicht. Heftig ist es schon.« Eine weitere Pause. »Mama hat Probleme mit ihrer Milch. Der Arzt hält es für eine Stressreaktion. Stephanie schreit auch viel häufiger. Fast so viel wie Marie damals, behauptet Mama.«

»Mach dir um deine Mutter keine Sorgen. Sie ist unglaublich stark. Sie wird nicht brechen.«

»Ich weiß. Es ist ziemlich schwer, da mitzuhalten.«

Jan wusste nicht so recht, was er darauf erwidern sollte. »War Marie heute bei dem Termin dabei?«

»Nein. Sie wollte auch nicht, dass ich hingehe. Sie ist heute Morgen aus dem Haus gestürzt und ist bis jetzt nicht zurück. Ihr Handy ist ausgeschaltet, und Mama macht sich Sorgen. Marie tut auch gar nichts für die Uni. Sie liest und sieht fern, wenn sie sich nicht mit Stephanie beschäftigt. Gestern hat sie Stephanie sogar extra aufgeweckt, nur weil sie mit ihr kuscheln wollte. Gott, war das ein Geschrei. Mama ist wütend geworden, und sie haben sich gestritten.« Sehnsüchtig fügte sie hinzu: »Dabei waren die ersten Tage so schön.«

»Lara, deine Mutter hat mir von dem Eklat auf der Kellertreppe erzählt. Aber es wäre mir lieber, *du* würdest mir von solchen Vorfällen erzählen.«

»Ich weiß nicht. Ich will nicht,« – sie holte Luft – »ich will das nicht zwischen uns haben. Und ich hole mir ja auch Hilfe. Aber du und ich, das soll … «

… *rein sein,* wollte sie sagen. Sie traute sich nicht.

Stattdessen sagte sie: »Das ist eine Angelegenheit zwischen Marie und mir.«

Jan erhob sich mit einem Ruck und trat ans Fenster, wo eine aufdringliche Fliege immer wieder von außen gegen die Scheibe prallte.

»Pass auf, Lara, ich habe ab nächster Woche Urlaub. Was hältst du davon, wenn ich am Freitag hier losfahre? Dann wäre ich Samstagabend in Nürnberg. Wir könnten für ein paar Tage in die Alpen fahren. Zu zweit.«

»Ist das dein Ernst?« Das unregelmäßige Klacken des Abakus' verstummte. Laras ganzes Herz lag in dieser Frage.

»Mein voller Ernst. Ich möchte dich sehen. Und so wie ihr gerade aufeinanderhockt, vor allem du und Marie, Lara, das klingt nicht gut.«

»Vielleicht hätte ich meine Studentenbude nicht untervermieten sollen.« Sie war in Gedanken eindeutig mehr bei ihm als bei ihrer Schwester.

Jan versuchte, sich vorzustellen, wie er in einem Studentenwohnheim mit Lara auf dreizehn Quadratmetern hauste. Nicht dass die Alternative besser schien. Er seufzte. »Warnst du deine Mutter vor?«

Ein kurzes Zögern, als Lara klar wurde, dass dies nun doch die eine oder andere Erklärung nach sich ziehen würde. Aber sie war kein Kind mehr. »Mama vorwarnen. Ja, das mache ich.«

Lara strich mit den Fingern über Maries Zimmertür, mehr Kratzen denn Klopfen. Sie hörte eine Bewegung auf der Innenseite und öffnete langsam, um etwaigen Protest zuzulassen, die Tür. Marie saß am Schreibtisch, über den Computerbildschirm schwebten geometrische Formen. Sie machte eine einladende Armbewegung, woraufhin Lara über verstreute Papierfragmente mit Tuschezeichnungen und Bilder eisiger Winterlandschaften zur Couch tänzelte. Sie ließ sich in das abgeriebene Leder fallen und zog sofort die Füße unter ihren Körper.

»Was grinst du denn so wie ein Honigkuchenpferd?«, fragte Marie misstrauisch.

»Jan kommt mich besuchen. Wir fahren in Urlaub.«

Maries Augen schienen sich nach außen stülpen zu wollen und verrieten damit, was sie von Laras Affäre mit Jan bis dato gehalten hatte. Sie schnellte hoch und schlug die hinter Lara offengebliebene Zimmertür zu. »Du verarscht mich, oder?«

»Nein, es ist wahr. Wir wollen in die Alpen, vielleicht an den Comer See.« Lara warf sich der Länge nach auf Maries Miniatur-Couch, schnappte sich eines der abgegriffenen Stofftiere von dort und drückte es verliebt an sich.

»Finger weg von Dr. K. Nickel«, warnte Marie automatisch. Lara kicherte.

Ihre Schwester ließ sich wieder auf dem Schreibtischdrehstuhl nieder, verkehrt herum, die Arme auf der Rückenlehne verschränkt. »Hast du es Mama schon gebeichtet?«

Lara schüttelte den Kopf, etwas weniger strahlend als zuvor. Marie prustete los. »Gib mir bitte Bescheid, wenn du es ihr erzählst! Bei der Unterhaltung würde ich gerne Mäuschen spielen.«

»Ich rede mit ihr, wenn sie stillt.« Es war immer geschickt, einen Plan zu haben, der mütterlicherseits entspannende Hormone beinhaltete.

»Wahrscheinlich müssen wir Stephanie danach endgültig auf Kunstmilch umstellen. Schockversiegen der Quelle, Bitterstoffe in der Milch. Aber gratuliere: Fang geglückt.«

Lara lächelte Marie über den Kopf des Stoffhasen hin zu und drückte einen Kuss auf Dr. K. Nickels rosige Nase.

Marie fügte hinzu: »Na, ich bin auf Jan gespannt. Ich

erinnere mich nicht so deutlich an ihn. Aber wie alle immer wieder gerne betonen, habe ich ja auch ein unzureichendes Langzeitgedächtnis.«

»Er ist soooo attraktiv.« Lara zog Dr. K-Nickels Ohren in die Länge.

Marie schnaubte zweifelnd. »Das ist Geschmackssache.« Marie hatte eher eine Schwäche für den Typ Schwiegermutters Alptraum.

»Erinnerst du dich noch, weshalb Mama und Jan sich damals getrennt haben?«

»Du bist die Ältere. Du müsstest es besser wissen als ich.«

»Ja, aber du sammelst negative Schwingungen ein wie ein Hund Flöhe.«

Marie kniff die Augen zusammen. »Ist das so? Nun, ich erinnere mich nicht. Ich glaube, wir haben damals beide nicht so viel von dem mitbekommen, was zwischen ihnen vorgefallen ist. Falls etwas vorgefallen ist.«

Lara gab einen undefinierten Ton der Zustimmung von sich. »Glaubst du, es wird komisch sein, wenn die beiden sich nach all den Jahren wiedersehen?« *Oder Schlimmeres?* Es war ein Gedanke, der Lara erst jetzt durch den Kopf schoss. Immerhin hatte ihre Mutter Erfahrung darin, sich in Expartner zu verlieben. Und was Jan betraf, hörte Lara immer nur Bewunderung, wenn er über ihre Mutter sprach. Wie stark sie sei.

Marie indes zischte: »Mama ist mit Papa verheiratet!« Sie war hochgeschossen, sprang gar auf Lara zu und entriss ihr den Stoffhasen. »Mamas Gefühle für Papa waren immer tiefer als für Jan! Sonst würde sie ja nicht wieder zu ihm zurückgehen.«

Lara prallte vor Maries Ausbruch zurück. Sie hätte ihre Schwester darauf hinweisen können, dass Marina keineswegs bloß ein Jo-Jo am Finger ihres Ehemannes war, dass es diesmal um andere Dinge ging als um eine alte Liebe. Doch sie fürchtete Maries Reaktion. Der Moment schwesterlicher Vertrautheit war zerstört, einmal mehr. Und mit jedem Mal schien das Eis unter ihnen dünner zu werden, in Schollen zu zerbrechen, auf denen sie auseinanderdrifteten.

Beim Aufstehen nötigte sich Lara ein Nicken ab, damit ihre Flucht nicht ganz wie eine solche aussah. »Gehen wir morgen zusammen ins Freibad?«, fragte sie auf dem Weg zur Tür.

»Morgen soll es regnen«, sagte Marie.

Ein Sonnenstrahl fiel durch das Fenster hinein, ein Hohn, in dem Staubflocken tanzten. »Ach ja, stimmt, im Radio haben sie Gewitter gemeldet.« Es war eine glatte Lüge.

Marie drehte Lara den Rücken zu. »Dann hast du ja genug Zeit, um dich bei deinem Psychoscheißer auszuheulen.«

Lara begann zu zittern, einmal mehr. Sie konnte nichts dagegen tun. »Ich mache das doch nicht, weil es mir gefällt!«, brachte sie heraus.

»Ja, sicher. Du und Mama, ihr tut immer nur, was ihr müsst. Es geht euch nur um andere – um mich, um Stephanie, blabla. Immerhin seid ihr euch einig.«

Von unten rief Marinas Stimme zum Abendessen, und ob Lara frischen Schnittlauch aus dem Garten holen könne.

»Ich habe mit Meiler-Duback nur über uns gesprochen, Marie«, sagte Lara zum Rücken ihrer Schwester. »Über uns beide, dich und mich, nichts anderes.«

Marie tat, als hätte sie Lara nicht gehört.

Es wurde ein weiteres schweigsames Mahl.

Der spontane Deutschlandurlaub bescherte Jan eine stressige Arbeitswoche. Am Mittwoch fuhr er seinen Wagen zum Kundendienst und erfuhr mittags, dass neue Bremsbeläge dringend zu empfehlen seien. Einen Elf-Stunden-Arbeitstag später suchte er abends eine weitere Stunde lang vergebens seine Zeltheringe. Vermutlich flogen sie bei seinem Cousin herum, dem er das Zelt geliehen hatte. Um kurz vor zwölf fiel Jan auf, dass sich seine Wäsche nicht von alleine wusch, und stellte sich den Wecker auf sechs Uhr.

Nach einer Fahnenkorrektur eines Artikels, einem universitären Serverzusammenbruch, der ihm zwei Stunden lang den Zugriff auf Dateien und Emails versperrte, und einem Ausflug zu seinem Cousin drückte Jan am Abend des nächsten Tages der Nachbarin den Ersatzwohnungsschlüssel in die Hände, packte und rief seine Eltern an, um sich für die nächsten zwei Wochen abzumelden. Ob er mit Åsa wegfahre, wollten sie wissen. Nein, er fahre nach Deutschland.

Zu Marina?

Jan hörte drei Ausrufezeichen in der Stimme seiner Mutter. Er beendete das Telefonat mit der Behauptung, der Akku sei leider leer.

Am Freitagmorgen fand er in seinem mittlerweile wieder funktionsfähigen Postfach eine ausführliche Mail von Marina vor. Sie freue sich darauf, ihn zu sehen, schrieb sie am Schluss. *Glaube ich zumindest.* Diesen Nachsatz, und weil Marina diesmal eine Mail geschickt hatte, interpretierte Jan dahingehend, dass Lara ihr endlich die intimeren Details ihres Aufenthalts in Schweden gebeichtet hatte. Ansonsten war die Nachricht eine Zusammenfassung ihres Termins bei einem Anwalt.

Paul hatte klargemacht, dass er nicht auf das Sorgerecht für Stephanie verzichten würde. Also hatte Marina von ihrem Anwalt wissen wollen, welche Schritte sie einleiten müsse, damit ein Richter zugunsten eines alleinigen Sorgerechts für die Mutter entschied. Sie lernte, dass es hier nicht nur um das Sorgerecht ging, sondern ebenfalls um das Umgangsrecht. Marina konnte bei einem Familiengericht Antrag auf alleiniges Sorgerecht stellen sowie auf begleiteten Umgang, aber um das Umgangsrecht auf Dauer einzuschränken, reichte ein Verdacht nicht aus. Es wäre mit weiteren Ermittlungen durch das Familiengericht zu rechnen, eventuell müssten die Töchter aussagen, gegen den Vater. Eine Aussage, in der sie ihn beschuldigten, sie als Heranwachsende sexuell missbraucht zu haben. Außerdem sei Frau Berckmann sicherlich klar, dass es sich hier nicht um eine rein familienrechtliche Angelegenheit handele, sondern, sollte sich der Verdacht erhärten, um eine Straftat. Ein Strafverfahren würde eingeleitet werden, bei dem die Töchter als Zeuginnen gerufen werden würden. Marina wäre womöglich gut beraten, selber Strafanzeige zu stellen, doch auch dann hing alles an der Aussage der Kinder. Da es sich bei dem Beschuldigten um ihren Vater handelte, hatten die Mädchen jedes Recht, eine Aussage zu verweigern. Falls Marina sie überhaupt darum bitten wolle.

Marina hatte erwidert, sie hätten alle drei bereits mit einem Psychologen gesprochen und ob dies nicht reiche, wenn dieser ein Gutachten erstelle. Das tat es nicht. Marina fiel daraufhin Nadine ein und mit einem schlechten Gewissen ihr und Petra gegenüber hatte sie gefragt, ob es denn möglich sei, dass Nadines Aussage genügen könnte, um das Umgangsrecht längerfristig einzuschränken. Der Anwalt äußerte sich vage. Wenn das, was Frau Berckmann zitierte, alles sei, was Nadine geäußert hatte, bezweifelte er das. Unabhängig davon würde in Missbrauchsfällen leider viel gelogen, fuhr er fort, da würde kein Richter sein

Urteil auf die Erklärung einer Freundin der Tochter stützen. Lara und Marie würden wohl selbst aussagen müssen. Frau Berckmann solle nicht vergessen, ihre Töchter waren volljährig, daher würden die Richter sie auch als Erwachsene behandeln. Außerdem gebe es keine Möglichkeit zu verhindern, dass der Vater erfuhr, wer gegen ihn ausgesagt hatte. Das musste der Zeugin klar sein.

Es sah alles danach aus, als würde sich Marina entscheiden müssen, welche Tochter sie »opferte«, wie sie es formulierte. Würde sie es mit Stephanie darauf ankommen lassen, ohne Gerichtsbeschluss weiterzumachen, bereit, Jahre in Sorge zu verbringen, spätestens ab der Pubertät darauf bedacht, Stephanie nicht mit ihrem Vater alleine zu lassen, alles auf Grundlage einer gütlichen Einigung? Oder würde sie Lara darum bitten, gegen Paul auszusagen?

Lara, nicht Marie. Jan verstand das. Lara war stets die vernünftigere der beiden gewesen. Die Stabilere. Die Vorstellung bereitete Jan Bauschmerzen.

Der Anwalt war sich jedoch nicht sicher, ob Laras Aussage allein überhaupt genügen würde. Denn diese musste überzeugend sein. Bei Zweifeln mochte der Richter sonst die zweite Tochter ebenfalls anhören. Dann wäre die Reihe an Marie.

Überzeugend. Jan würde den Tonfall ihrer Stimme, als Lara die Berührungen zugegeben hatte, niemals vergessen. Ihren verhangenen Blick, den Schmetterlingsgruß ihrer Haare auf seiner Wange, als sie ihm den Abschiedskuss gegeben hatte. Welch eine Aussicht, um in die ersten gemeinsamen Ferien zu starten: »He Schatz, sollen wir baden gehen oder willst du dir lieber überlegen, ob du deinen Vater wegen sexuellen Missbrauch anzeigst?«

Marina hatte Lara und Marie nichts von ihrem Gespräch mit dem Anwalt erzählt, schrieb sie am Ende der Email, doch ihre Töchter waren nicht blöd. Wenn sie wollten, würden sie zu denselben Informationen gelangen und sich überlegen können, welche Maßnahmen ihre Mutter in Betracht ziehen mochte. Aber der Punkt war, sie wollten nicht, dessen war sich Marina sicher. Nicht einmal Lara. Denn damit würde Lara eine aktive Rolle einnehmen, und das einzige, was Lara bis dahin getan hatte, versteckte sich in ihrer Flucht nach Stockholm.

Die Sieben-Uhr-Fähre von Göteborg nach Kiel erwischte Jan nach einem Stau auf der Autobahn um Haaresbreite. Er hatte sich eine Einzelkabine gegönnt; so wachte er am nächsten Morgen ausgeruht auf, um an Deck die Einfahrt in die Kieler Förde zu genießen. Es ging geschäftig auf dem Wasser zu: Fischerboote, Segler und kleine Motorboote kreuzten trotz der frühen Stunde in Richtung Außenförde. Ein Lotsenboot dümpelte vor dem rot-weißen Kieler Leuchtturm; Schwanengefieder glänzte im Sonnenlicht entlang der Küste der inneren Bucht.

Jan frühstückte in Kiel bei einem Bäcker, dessen Verkäuferin ihn zunächst für einen Irren hielt, weil er sie um eine Scheibe Holzofenbrot mit Butter bat, nein, keinen Laib, eine einzelne Scheibe Brot mit Butter wäre alles, was er sich wünschte. »Ich bin Schwede«, fügte er hinzu. »Sie wissen schon, Schweden: Knäckebrot oder lappriges Brot, nichts dazwischen.«

»Sie sehen aber nicht sonderlich nach einem Schweden aus.«

Jan verkniff sich ein Grinsen. In Schweden wäre ein solcher Kommentar knapp am politisch Unkorrekten entlanggeschrammt.

Am Ende gab ihm die Bäckerin eine Scheibe Brot mit Butter kostenlos und eine zweite »für die Fahrt, weil Sie so nett waren«. Auf der Höhe von Kassel legte Jan seine einzige Pause ein und rief Lara an, um ihr mitzuteilen, wo er war und wann er vermutlich ankommen würde.

»Lass auf meinem Handy anklingeln, kurz bevor du hier bist«, bat sie, »dann komme ich raus.«

Einige Stunden später nahm Jan die Autobahnausfahrt Nürnberg-Mögeldorf, passierte das Ortsschild und war damit dort, wo er vor sechs Jahren mit einem flauen Gefühl in der Magengrube auf die Autobahn gen Norden gefahren war. Es war der Sommer nach seiner Trennung von Marina gewesen, nach Pauls Wiedereinzug, ein Kurzbesuch am Rande einer lang geplanten geologischen Exkursion in die Alpen. Es war kein katastrophaler Besuch geworden, das nicht. Die Stippvisite hatte nur ein nagendes Bedauern geborgen, weil er und Marina es nicht geschafft hatten. Die Mädchen hatten sich über seinen Besuch gefreut, aber Jan hatte gespürt, dass sie sich zurückhielten, aus Rücksicht auf ihren Vater, wie er annahm.

Vor der Reihe mit dem Haus der Berckmanns mit seinem nach hinten versetzten Eingang war kein Parkplatz mehr frei, daher parkte Jan ein paar Häuser weiter und klingelte an Laras Handy an. Während er neben dem Auto seinen vom langen Sitzen steifen Rücken streckte, kam Lara um die Ecke geschossen. Sie rannte auf ihn zu, im vollen Lauf, die schulterlangen blonden Haare wehten offen in ihrem Nacken. Sie warf sich ungebremst in seine Arme. Jan fing sie auf, wirbelte sie einmal im Kreis, bevor er sie lachend absetzte und die Finger an ihrem Hinterkopf in weichen Strähnen vergrub, damit er sie besser küssen konnte.

Es wurde ein langer Kuss, den eine ungläubige Stimme beendete: »Herr Svenson, sind Sie das etwa?«

Jan löste seine Lippen von Laras, ließ sie aber nicht los, sondern schlang einen Arm um ihren Nacken. Lara versteckte ein Kichern an seiner Schulter. Jan schenkte der an ein Stofftaschentuch geklammerten Nachbarin sein charmantestes Lächeln. »Frau Bauer, Grüß Gott! Wie geht es Ihnen?«

»Gut, äh danke.« Die Seniorin hatte die Augen zusammengekniffen, sie schien verwirrt. Lara drängte sich enger an Jan und versenkte eine Hand in der hinteren Tasche seiner Jeans. Frau Bauer bewegte sich nicht.

»Können wir Ihnen helfen? Sie sehen aus, als hätten Sie sich ausgesperrt.« Jan stützte sein Kinn auf Laras Scheitel und schenkte der Nachbarin das, was Mette seinen George-Clooney-in-Saphir-Blick nannte.

»Was? Nein! Äh, nein danke. Ich, ich habe mich nicht ausgesperrt. Ich wollte nur … Schön, dass Sie wieder da … Sie zu sehen, Herr Svenson.«

»Ja, hat mich auch gefreut. Auf Wiedersehen!«

Frau Bauer flüchtete in ihren Garten. Lara stellte sich auf die Zehenspitzen und küsste Jan abermals, wobei sie ihn ihr breites Lächeln spüren ließ. »Damit weiß es morgen das ganze Viertel.«

Er hob sie erneut hoch, um sie auf gleicher Augenhöhe zu betrachten. Lara fuhr mit dem Daumen über Jans sparsam gebogene Augenbrauen bis zur Linie seiner Wangenknochen. Wäre es nach ihr gegangen, hätte er sie so schnell nicht wieder absetzen brauchen. Sie konnte ihr Glück kaum fassen. Nicht einmal Marie war es in den letzten Tagen gelungen, ihre Laune gänzlich zu zerstören.

»Wo ist der Rest von euch Mädels?«

»Marie ist mit einer Freundin Eis essen. Mama ist im Wohnzimmer.«

»Dann sage ich mal hallo. Sie weiß Bescheid, oder?«

Lara griff nach einer seiner Taschen. »Eigentlich ja. So richtig ins Detail sind wir nicht gegangen. Ich habe gesagt, du würdest kommen und mit mir in Urlaub fahren. Also dass du *mich* besuchen kommen würdest. Jedenfalls habe ich es Mama überlassen, sich den Rest zusammenzureimen.«

»Und das hat sie, oder?«

»Sie hat Aha gesagt. In einem komischen Tonfall.« Das war ein ziemliches Understatement. Der Klang dieses Ahas hatte Lara so zielsicher in die Flucht geschlagen, wie es sonst nur die bissigen Bemerkungen ihrer Schwester vermochten. Und ihm war selbstverständlich etwas gefolgt, später am Abend, ein gefährlich dröhnendes: »Habe ich das richtig verstanden?«

Lara hatte genickt, doch bevor sie etwas sagen, sich rechtfertigen, ihre Mutter auf die Grenze zwischen ihrer beider Leben hinweisen konnte, wie sie das den ganzen Tag über in Gedanken geprobt hatte, hatte Marie das für sie erledigt.

»Kümmere dich lieber um dich selbst, damit hast du genug zu tun!«, hatte sie ihrer Mutter geraten, in der Stimme das Zehnfache an Gefahr wie in Marinas. »Du bist doch diejenige, für die ein Mann es immer nur falsch machen kann.«

Lara hatte den Atem angehalten. Ihre Mutter war blass geworden. Sie hatte tatsächlich geschwiegen, doch dieses Schweigen war schlimmer gewesen als alles, was sich Lara an Missbilligung ausgemalt hatte.

Das Haus der Berckmanns hatte in den letzten Jahren einen frischen Anstrich bekommen sowie eine neue Haustür, stellte Jan fest, während er die Treppenstufen zum Eingang hinaufstieg. Die Zeder im Vorgarten, früher ein majestätischer Schatten über der Treppe, war gefällt, an ihrer Stelle ließ jetzt eine drei Meter hohe Kastanie die Blätter hängen. Lara schloss auf, gleichzeitig drückte sie einmal auf die Klingel. Hinter der Eingangstür schlossen sich Garderobe und Korridor an, von hier aus verhallte der Glockenton der Klingel in Richtung Wohnzimmer, Essecke und Küche. Das Treppengeländer war mit einer Girlande aus bunten Buchstaben behangen, die *Welcome Stephanie* formten. »Von Marie«, erklärte Lara.

Marina saß auf der Couch im Wohnzimmer, gegen ein

voluminöses Kissen gelehnt. Sie trug die Haare kürzer als früher; Spangen hielten die Strähnen aus ihren Schläfen. Stephanie nuckelte an ihrer Brust und scherte sich nicht um den Besuch, der in der Tür einen Moment lang stehenblieb und dem ihre Mutter ein langes wortloses Lächeln schenkte, das sich etwas tiefer in ihr Gesicht grub als vor sechs Jahren.

Jan trat zur Couch. Er legte eine Hand auf Stephanies Köpfchen, die andere auf Marinas Wange und küsste sie auf die Stirn. Marina drückte ihn mit ihrem freien Arm an sich. »Hi, du Nordlicht-Indianer«, flüsterte sie.

Jan spürte Laras Bewegung hinter sich, da diese sich neben ihrer Mutter niederließ. Bewusst ohne Hast löste er sich von Marina, ging stattdessen vor beiden Frauen in die Hocke und legte einen Ellbogen auf Laras Knie, halb, um sich locker abzustützen, halb, damit sie gewisse Dinge nicht falsch verstand. Marina bemerkte die Geste und kniff die Augen zu Schlitzen. Laras Aufmerksamkeit blieb betont auf das Baby gerichtet. Ihr Mund war so trocken, sie hätte eine Pflaume darin dörren können.

Jan fuhr mit den Fingerspitzen über den Flaum auf Stephanies Hinterkopf. Die Kleine hatte offenbar genug, denn sie drehte das Gesicht zur Seite. Marina hob sie hoch, griff nach einem weißen Spucktuch und legte es sich samt Baby über die Schulter. Ihre Augen, vom selben hellen Blau und gleicher Form wie Laras, musterten Jan von oben bis unten.

»Du hast dich gut gehalten.«

»Du auch, Marina. Wie geht es dir?«

»Wir schlagen uns durch.« Marina hob Stephanie hoch und begutachtete deren zufriedenes Antlitz.

»Sie sieht satt aus.«

»Meine Milch fließt jetzt besser. Ich habe ein wenig mit meinen Kräutern experimentiert.«

Jan hatte nicht erwartet, dass Marina sich gehenlassen würde. Tatsächlich hätte niemand, der sie nicht besser kannte, den Druck der letzten Wochen in ihrem Äußeren abgelesen. Jan hingegen warf einen Blick auf Marinas rechte Hand und stellte fest, dass der Fingernagel des Mittelfingers abgeknabbert war. Marina bemerkte seinen Blick, zuckte mit den Achseln und versteckte den Hinweis auf ihren emotionalen Zustand in der Faust. Sie trug keinen Ehering mehr.

Lara fragte Jan, was er trinken wolle, dann ging sie in die Küche, um ihm ein Glas zu holen. Jan ließ sich auf dem Platz nieder, den Lara geräumt hatte.

»Schiebst du bitte die Quiche in den Ofen und wäschst den Salat?«, rief Marina Lara nach. Sie drehte Stephanie, damit die Kleine mit dem Gesicht in Jans Richtung lag, und setzte sich aufrechter hin.

»Du und Lara also«, sagte sie.

»Ja, Lara und ich.«

»Mmh.«

Lara brachte Jan eine Apfelschorle. Marina wartete, bis sie wieder in der Küche verschwand. Die Ofentür klapperte, kurz darauf begann der Leitungshahn zu laufen.

Marina nickte in Richtung Küchentür. »Ich mache mir Sorgen um sie. Sie hat abgenommen. Keine zwei Kilo sagt sie, aber bei Lara ist selbst das viel. So viel hat sie früher nicht einmal bei einer ausgewachsenen Magen-Darm-Grippe abgenommen.«

»Ich fand sie trotzdem strahlend.«

»Das ist dann wohl eine Entwicklung der letzten zehn Minuten.« Das klang schon schnippischer.

Jan beschloss, direkt zu sein. »Bedeutet das, ich muss heute nicht im Garten schlafen?«

»Du kannst im Keller schlafen.« Marina seufzte. »Überfordere mich nicht, Jan! Stell dir vor, du würdest nachts aufs Klo gehen und dann aus lauter Gewohnheit in mein Schlafzimmer kommen.«

Jan hatte plötzlich eine Karikatur von sich selbst vor Augen, wie er in diesem Haus von einem Zimmer zum nächsten wanderte. »Das Ganze ist auch für mich bizarr, Marina.«

Sie zögerte. Dann nickte sie knapp.

Jan holte tief Luft. »Marina, ich muss dich etwas fragen: Als Lara dir von uns erzählte, gab es da einen Moment, in dem du dachtest, es könnte ein Zeichen sein, dass sie …« Jans Stimme wurde mit jedem Wort leiser; er schielte in Richtung Küche. Er hörte Lara summen, während sie den Salat wusch.

»… dass Lara einen Knacks bezüglich Vaterfiguren hat?« Marina lehnte sich zurück. »Jan, ich bin nicht begeistert, was dich und Lara betrifft. Aber ich weiß, wie gut du zu einer Frau bist, die du liebst. Egal, was vorgefallen ist, ich glaube nicht, dass sie sich dir deshalb an den Hals geworfen hat.« Sie wischte sich eine Träne fort, beinahe ärgerlich.

»Und was ist mir dir?«, fragte er leise.

»Ich will dich nicht zurück, Jan. Aber bei Gott, in manchen Momenten wünsche ich mir, ich hätte dich mehr geliebt.«

Er wusste, was sie meinte. »Er wäre trotzdem mit ihnen Skifahren gegangen.«

»Aber dann wäre ich jetzt nicht allein mit all dem.«

Jan nahm sie in die Arme. »Du bist auch jetzt nicht allein.«

Sie schniefte kurz in seine Halsbeuge, dann schob sie ihn von sich. Ihr Blick ging über seine Schulter. »Shit!« Hastig rieb sie sich die Augen. Eine junge Frau überwand mit zwei Sprüngen die Treppe vom Garten zur Terrasse. Marie befreite sich von ihren Pumps, indem sie sich selbst wenig graziös auf die Fersen stieg, dann stieß sie die Terrassentür auf. Begleitet von einem Kiekser, stürzte sie sich auf Jan, der im Aufstehen begriffen war. Maries Gewicht schleuderte ihn zurück gegen die Rückenlehne der Couch und hüllte ihn in Zigarettengestank. Er hatte nicht gewusst, dass sie rauchte. Marina verbarg ihr Gesicht in Stephanies duftender Wärme.

Marie entließ Jan aus ihrer Umarmung, schnappte sich ein Kissen und quetschte sich zwischen ihn und Marina, während ein Schwall Fragen aus ihr heraussprudelte: Ob Stephanie nicht wunderschön sei? Ob er sie, Marie, überhaupt erkannt hätte? Stephanie stieß ein kurzes Plärren aus, während Marina aufstand, um in den Garten zu starren.

Jan pickte sich aus Maries Wortschwall ihre nicht unberechtigte Frage, ob er sie wiedererkannt hätte, heraus. Er musterte die rotgefärbten Haare, die hellbraunen Augen, die sie von ihrem Vater geerbt hatte, das etwas spitze, kleine Gesicht. Schon immer zierlicher als ihre ältere Schwester, erschien ihm Marie jetzt regelrecht dürr, mit sich deutlich abzeichnenden Schulter- und Hüftknochen. Dunkle Ringe lagen unter ihren schwarz geschminkten Augen, das rechte Ohr war dreifach gepierct.

Maries Begrüßungsjauchzer hatte Lara aus der Küche gelockt, eine halb geschälte Gurke in der Hand. Sie erschien rechtzeitig, um zu beobachten, wie ihre Mutter auf Abstand zu Jan und Marie ging, eindeutig aufgewühlt. Ihr Schritt stockte. Der Hauch von Eifersucht, den sie eben bei der vertrauten Begrüßung der beiden verspürt hatte, klang noch nach. Es war das erste Mal, dass Lara als Erwachsene einen Eindruck von ihrer Mutter und Jan als Paar bekam.

Sie waren gut miteinander gewesen. Ob sie sich jetzt daran erinnerten?

Lara wusste, sie konnte es nicht mit ihrer Mutter aufnehmen.

Marie griff sich auf eine Frage Jans hin an ihr Ohr mit den drei Ringen. Sie kicherte und deutete auf ihren Bauchnabel, ohne nur eine Sekunde ihr Schnattern zu unterbrechen. Wenn der Informationsfluss so weiterströmte, würde Jan in den nächsten zehn Minuten die letzten sechs Jahre aufholen.

Wie leicht es fiel, jemanden, der jahrelang fort war, wieder in der Familie zu begrüßen, dachte Lara. Aber jede Familie hatte ihre Spezialität, etwas, worin sie gut war. Oder zu gut. Paul-Jan-Paul-Jan, wie beim Tischtennis. Irgendwie drehten sie sich alle im Kreis, mit immer den gleichen Figuren auf wechselnden Positionen und zu wenigen Männern.

Jan hob mitten in der Unterhaltung mit Marie den Kopf und suchte Laras Blick. Er bemerkte, wie sie sich an die Gurke klammerte, und hob vielsagend eine Augenbraue. Seine Augen tanzten. Da explodierte ein Lachen in Laras Brust und zersprengte den Moment der Furcht vor dem, was ihre Mutter und Jan einst verbunden hatte. Lara führte die Gurkenspitze an ihre Lippen, dann traf sie der scharfe Blick ihrer Mutter. Hastig eilte Lara zurück in die Küche.

Im Hobbyraum war alles für Jan vorbereitet, als er um elf die Treppe in den Keller hinabstieg. Er kramte seinen Waschbeutel aus der Tasche und schnappte sich das bereitgelegte Handtuch. Er schaltete kein Licht ein, um den Weg durch das nächtlich ruhige Haus zu finden. Wie viele tausend Mal war er diese Treppe hinaufgestiegen, der Letzte, der am Abend wach war?

Im Bad roch es wie eh und je nach Lavendel. Drei Zahnbürsten in drei verschiedenen Farben steckten in ebenso vielen Porzellanbechern. Zwei Becher waren neu; der alte gehörte Marina. Diesen hatte Jan einst geteilt, und nach ihm – sowie vor ihm – Paul. Jan duschte kurz, putzte die Zähne mit irgendeiner scheußlich schmeckenden indischen Zahncreme und öffnete dann leise die Badtür. Marinas Schlafzimmertür war verschlossen, Maries Tür angelehnt. Durch den Spalt schimmerte das Licht eines Bildschirms. Jan sah eine Hand eine Maus bewegen, ein neues Fenster im Browser ging auf. Irgendein Forum.

Laras Tür stand offen, sie saß auf dem Bett, umgeben von Taschen, einem Berg aus Campingausrüstung und Klamotten. Sie schien darauf gewartet zu haben, dass er aus dem Bad kam. »Ich packe morgen fertig.«

»Wir haben alle Zeit der Welt.«

Ihre Finger spielten mit dem Chaos auf ihrer Bettdecke. »Wo soll ich heute Nacht schlafen?«, fragte sie.

Jan warf einen Blick zu Marinas Schlafzimmertür. Dann trat er auf leisen Sohlen in Laras Zimmer, griff nach ihrer Hand, zog sie auf die Füße und hinter sich die Treppe hinab in Richtung Keller.

Am nächsten Morgen fing Marina Jan ab, bevor er die Küche betreten konnte. »Ich weiß, ihr wolltet heute schon fahren, aber wäre es in Ordnung, wenn ihr noch einen Tag bleiben würdet?«, überfiel sie ihn, ehe er eine Tasse Kaffee zu sich genommen und halbwegs bei Sinnen war. »Mit der Waschmaschine stimmt was nicht, außerdem habe ich die Garage an einen Nachbarn vermietet, jetzt müssen die Winterreifen in den Keller.«

Jans Kiefer knackte beim Versuch, ein erstes Wort am Morgen zu formulieren. »Hm, von mir aus. Aber lass mich erst Lara fragen, ob es okay ist, wenn wir morgen fahren.«

Marina öffnete den Mund. Jan wusste, was auf ihrer Zunge lag. »Sie ist erwachsen, Marina.«

»Ist sie? So wie du?«

Jan verschränkte die Arme.

»Tut mir leid.« Marina führte ihren abgeknabberten Fingernagel zum Mund, beherrschte sich und ließ die Hand wieder fallen. In der Küche schrillte die Eier-Uhr.

Jan seufzte. »Sie wird ja sagen.«

»Danke.«

»Bekomme ich jetzt endlich einen Kaffee?«

»Lara hat extra für dich Brötchen geholt. Wenn das nicht wahre Liebe ist!« Die spöttische Stimme gehörte Marie, die sich auf dem Weg in die Küche an ihnen vorbeischob. An diesem Morgen trug sie Röhrenjeans und ein unter der Brust geschnürtes Shirt. Finger- wie Fußnägel waren rostrot lackiert. Jan und Marina ignorierten ihren Kommentar.

»Machst du dir Sorgen um Geld, weil du die Garage vermietest?«, frage Jan Marina leise.

Marina hob die Schultern. »Paul hat mir die Woche tausend Euro überwiesen. Einfach so, wir haben nicht darüber gesprochen. Die Mädchen bekommen eh, seit sie ausgezogen sind, monatlich Unterhalt für Wohnung, Essen, Versicherung, et cetera. Das wird sicherlich alles weiterlaufen. Zusammen mit meinem Einkommen muss ich mir wohl keine Sorgen machen.«

»Und wenn es vor Gericht geht? Wird Paul dann immer noch großzügig bleiben? Bei dieser Anklage?«

»Darüber denke ich gerade nicht nach.«

Sie frühstückten gemeinsam, die drei Frauen, das Baby und Jan. Bei Jans zweiter Kaffeetasse klingelte es an der Tür; Lara ging, um aufzumachen. Bei ihrer Rückkehr trug sie ein Paket, das sie auf die Anrichte stellte. Ein kräftig gebautes Mädchen folgte ihr und erklärte: »Das wurde am Freitag bei uns abgegeben.«

»Danke dir, Nadine«, sagte Marina. »Hast du Hunger?«

»Hat sie doch immer.« Das war erneut Marie. Derselbe sarkastische Tonfall von eben.

Jan erhob sich und gab der Besucherin die Hand. »Erinnerst du dich an mich, Nadine? Wie geht es dir?«

»Gut. Und ja klar erinnere ich mich.« Nadine stand noch immer. Sie zauderte, unschlüssig, wohin sie sich wenden sollte. Lara deutete auf den freien Stuhl neben sich, den Mund voll mit Marmeladenbrötchen. Nadine setzte sich – auf die Stuhlkante, wie Jan bemerkte. Sie und Marie hatten sich nicht begrüßt.

Jan ließ sich von Nadine erzählen, welches Studium sie gewählt hatte, weshalb Physik ihr gefiel und wie es ihren Eltern ging. Bevor ihm die Smalltalk-Themen ausgingen, fiel ihm der Irische Setter ein, den Nadines Familie besessen hatte, so erkundigte er sich nach dessen Verbleib. Ehe Nadine jedoch etwas erwidern konnte, mischte sich Marie ein.

»Der ist tot!«, sagte sie grob. »Plattgefahren, als wir damals im Skiurlaub waren. Nicht wahr, Nadine, das stimmt doch? Der Skiurlaub mit Papa. Wie ich gehört habe, sollst du dich daran gut erinnern.«

In der folgenden Grabesstille erstarrten zwei zitternde Kaffeetassen – Marinas und Laras – auf halbem Weg zum Mund. Nadine verschüttete ihren Orangensaft, und Jan wünschte sich, er wäre mit Lara schon jetzt auf der Autobahn nach Süden.

»Ich weiß noch, wie deine Eltern uns damals angerufen haben«, fuhr Marie gnadenlos fort. »Dein Onkel hat ihn überfahren. Mit dem Traktor. Sie haben Foxie neben dem alten Löschteich beerdigt, ohne auf dich zu warten. Alles nur zu deinem Besten, versteht sich. Foxie wäre wohl auch ein matschiger Anblick gewesen. Du warst ja auch so ganz schön durcheinander. Papa hat extra Taschentücher kaufen müssen, weil du die ganze Zeit nur geflennt hast.«

»Er war alt, Foxie war alt.« Es glitzerte verdächtig in

Nadines Augen; sie stotterte. »Er ist unter dem Traktor im Schatten gelegen ... Er war fast taub!«

»Oder einfach zu dumm, um sich im richtigen Augenblick zu verziehen.«

»Es war ein Unfall!«

»Keiner hat etwas anderes behauptet. Ich habe nur gesagt, dass du am Boden zerstört warst. Drei Tage lang haben wir dich trösten müssen. Alles nur wegen einem blöden Köter.«

Nadine sprang auf. Ihr Glas kippte um und vergoss seinen Inhalt über die Tischdecke. Klirrend krachte Marinas Kaffeetasse auf den Untersetzer.

»Ich erinnere mich an Foxie«, sagte Jan laut und mit einem Blick so eisig wie die Gewässer Lapplands. »Ich weiß noch, wie du die Windpocken hattest, Marie, und tagelang daheim warst. Nadine hat dir Foxie vorbeigebracht, weil du so traurig warst, und er ist keine Sekunde von deiner Seite gewichen. Das war ein toller Hund, lieb, treu; niemals hat er nach einem von euch Kindern geschnappt, egal, wie sehr ihr ihn getriezt habt. Bemerkenswerte Eigenschaften, Marie, findest du nicht auch?«

Marie stürmte zur Tür hinaus.

Sie erwähnten den Zwischenfall mit keinem Wort mehr, doch sobald Jan mit einer überaus schweigsamen und blassen Lara die Garage ausgeräumt und die Reifen in den Keller geschafft hatte, schnappte er sich Marina. Marie hatte sich seit dem Frühstück in ihrem Zimmer verkrochen.

»Ich will Lara aus diesem Haus rausholen. Heute noch.«

Marina widersprach nicht.

Sie packten ihre Sachen in Jans Auto. Lara klopfte an Maries Zimmertür, aber diese antwortete nicht. Als Jan jedoch den Motor startete und Marina mit dem Baby am Bürgersteig bereitstand, um ihnen nachzuwinken, trottete

Marie herbei, stellte sich neben ihre Mutter und sah mit verschränkten Armen dem Volvo nach.

Am Bodensee suchten Lara und Jan einen Campingplatz nahe am Wasser. Lara schickte ihrer Mutter eine Nachricht, in der sie versprach, sich regelmäßig zu melden, und erhielt zwei Minuten später eine Antwort. Ihr Prusten, während sie las, schwankte zwischen Belustigung und Scham.

»Was ist?«

»Sie schreibt, ich müsste nicht jeden Tag ein Update schicken, sie wolle sich nicht wie eine Glucke fühlen. ›PS: Wenn du dich das nächste Mal nachts zu einem Mann in den Keller schleichst, dann legt die Matratze auf den Boden. Das alte Bett quietscht bis in den Himmel.‹«

Jan tauchte unter dem Kofferraumdeckel auf. »Das ist jetzt nicht dein Ernst?«

»O doch, genau das schreibt sie. Grins nicht so! Das ist megapeinlich!«

Jan machte pflichtschuldig ein betroffenes Gesicht und begann, das Zelt aufzubauen. Später textete er eine Nachricht an Marina:

– *Sobald wir zurück sind, repariere ich das Bett.*

Marina schrieb zurück:

– *Pass einfach auf mein Mädchen auf.*

Es war dunkel, die erste gemeinsame Nacht im Zelt. Schnarchen drang vom Nachbarzelt durch die Nylonwände an Laras Ohr; ein Auto fuhr den Campingplatz entlang und erhellte die Nacht. Lara lauschte Jans gleichmäßigem Atem und spürte den Druck seiner Schulter an ihrem Rücken. Er schlief tief und fest.

Lara griff mit den Fingern in die kleine Netztasche

neben ihrem Kopfende und fischte ihr Handy heraus. Länglich, glatt, kühl, wog es schwer in ihrer Hand. Lara zögerte.

Sie hatte Jan nicht von ihren Auseinandersetzungen mit Marie der letzten Tage erzählt. Sie wollte nicht, dass er davon wusste. Sie waren keine Kinder mehr, die ihre Kriege vor erwachsenen Beobachtern mit blauen Helmen auskämpften, die Fälschung, Einschüchterung oder unlautere Waffen anprangerten und weise Sprüche wie Resolutionsschwerter schwangen. Was nützte es denn, wenn es jetzt Kriege von Erwachsenen waren, die sie schlugen? Wo richtig und falsch im Grau verschwand, alle zu Opfern wurden, jeder Schnitt einen selbst traf.

Lara presste sich das tote Handydisplay gegen die Stirn. Sie sollte Nadine zumindest eine Nachricht schreiben, aber hatte sie ihre Nummer überhaupt gespeichert? Bestimmt hatte sich Marina bereits bei ihr gemeldet, oder bei Petra, so wie früher, wenn die Kinder sich gestritten hatten und die Mütter eingriffen.

Jan bewegte sich in ihrem Rücken, ein Brummen, dann wieder Stille. Nein, sie würde nicht neben ihm liegen und heulen!

Lara packte das Handy zurück in die Netztasche. Marie wusste, dass sie heute eine Grenze überschritten hatte, redete sie sich ein. Dass es so nicht weitergehen konnte. Immerhin war ihre Schwester aus dem Haus gekommen, um sie zu verabschieden. Maries Gesten trugen Bedeutung.

Lara ließ den Kopf zurück auf ihr Kissen fallen und drehte sich zu Jan um. Er verströmte Wärme wie Wellen. Sie war sich nicht sicher, ob er mit ihr in den Urlaub fuhr, weil er mit ihr zusammen sein wollte, so wie ein Mann alleine mit einer Frau verreisen wollte, oder um sie zu retten – vor Marie, vor dem unausgesprochenen, brodelnden Vulkan in ihrem Haus.

Lara jedenfalls nahm sich vor, Jan keinen Anlass zu geben, daran zu zweifeln, was dieser Urlaub mit ihm für sie bedeutete.

Lara und Jan verbrachten einen entspannten Montag in Zürich, spazierten durch die Gassen der Altstadt, kletterten auf den Turm der Grossmünster-Kirche, von wo sie den Ausblick über Stadt und See genossen, und promenierten am Abend Hand in Hand am Ufer entlang. Sie übernachteten außerhalb der Stadt und fuhren am nächsten Tag ohne Zwischenstopps bis zum Comer See durch. Dort hingen schwere Wolken zwischen den Bergen, es regnete ohne Unterlass, daher beschlossen sie, sich eine Nacht im Hotel in Como zu gönnen.

Beim Abendessen in einer eng bestuhlten Pizzeria in den autofreien Straßen um den Dom stellte Lara zu ihrem Entsetzen fest, dass von ihrem Schulitalienisch nichts mehr übrig war, denn die Pizza bog sich unter einer fast lückenlosen Schicht Knoblauch. Während sie auf ihre Rechnung warteten, Lara mit krampfhaft geschlossenem Mund, ließ sich ein Ehepaar in Jans Alter neben ihnen nieder, Landsleute, wie Jan kurz darauf vernahm. Der Blick der Frau wanderte zwischen ihm und Lara hin und her. Als Jan sich einmal vorbeugte, um Lara einen Trotz-Knoblauch-Kuss zu geben, sagte sie laut, weil sie sich unverstanden wähnte, bei einem solchen Altersunterschied sei ein Kuss in der Öffentlichkeit das Letzte, was sie sich erlauben würde. Ihr Ehemann erwiderte nichts, woraufhin sie vehement seine Zustimmung einforderte: Erzähl mir nicht, dass du das gutheißt!

Nachdem er den Tiraden der Dame eine Weile gelauscht hatte, wandte sich Jan an die beiden und sagte auf Schwedisch etwas zu dem Mann, was Lara nicht verstand.

»Was war das denn?«, fragte sie neugierig, als sich Jan wieder zu ihr drehte, ohne sich um die offenstehenden Münder des Ehepaars auf seine Bemerkung hin zu kümmern.

»Ich musste kurz Steigbügelhalter für eine Scheidung spielen.«

»So böse kenne ich dich gar nicht.«

»Habe ich erwähnt, dass ich Knoblauch hasse?«

Lara lachte, erschrak und schlug sich beide Hände vor den Mund. Jan verhakte seinen Unterschenkel unter dem Tisch mit ihrem. Ja, sie war wirklich süß.

Jan konnte sich nicht erinnern, wann er das letzte Mal mit einer Frau so unkomplizierte Ferien erlebt hatte. Lara war für alles zu haben, ob Kultur, Wandern, Klettern, Baden, Ausgehen, immer bereit, Dinge auszuprobieren. Sie kannte keinen fixen Tagesablauf, den sie auf Gedeih und Verderb durchzuziehen gedachte, keine eingefahrenen Routinen, die neue Partnerschaften oft zu einer Serie zwar im Grunde banaler, dennoch bedeutungsvoller Kompromisse machten. Sie war spontan. Wenn sie sagte, es sei ihr egal, war es so. Sie trödelte nicht gern – im Gegensatz zu Jan, der im Urlaub morgens seine Zeit brauchte und keine Lust hatte, durch Orte und fremde Städte im Stechschritt zu hetzen. Aber wenn sie drängte, dann auf eine charmante, liebevolle Art, der zu widerstehen schwer war. Jan hoffte, sie würde sich diesen Charme bewahren.

Lara, auf der anderen Seite, genoss die Zeit in den Bergen mehr noch als die Tage in Schweden. Sie war lockerer geworden im Umgang mit Jan, bemerkte mittlerweile auch seine Eigenheiten: die gelegentliche Weigerung, einen Zahn zuzulegen; gewisse detaillierte Vorstellungen, wie das Zelt aufgebaut, das Auto beladen werden sollte. Eine

Begleiterscheinung des Alters, vermutete sie, da sie das von ihren Altersgenossen nicht kannte. Andererseits ließ er sich gerne von ihr überraschen, und wenn sie fand, der Tag renne ihnen davon und sie an ihm zupfte, um nicht mehr Zeit zu vertrödeln, lachte er nur und ließ sich mitziehen. Nur morgens biss sie mit ihrer Mahnung über die immer höher kletternde Sonne auf Granit, daher kamen sie nie vor elf Uhr vom Campingplatz weg.

Am Donnerstag, die Wolken waren mittlerweile aufgerissen und stabil blauem Himmel gewichen, ließen sie das südliche Seeende hinter sich und fuhren die üppig grünen Ufer entlang nach Norden. Bei Menaggio legten sie erst einen Badetag ein, einen zweiten Tag verbrachten sie an den Kletterwänden. Jan hatte seine gesamte Ausrüstung eingepackt, und so hing Lara zum ersten Mal, seit Jan und Marina sich getrennt hatten, wieder an einer Felswand. Hingen traf es recht genau, befürchtete sie, ihr Körper mehr plumper Sack denn katzenhafte Anmut. Jan sparte jedenfalls weder mit geduldigen Tipps noch mit Gelächter. Am nächsten Tag hatte Lara einen solchen Muskelkater, dass sie kaum in ihre Kleider kam. »Verdammt, wer ist hier der Vierzigjährige?«, klagte sie mit verzerrtem Gesicht. Zu ihrem Trost entpuppte sich Jan als hervorragender Masseur.

Auf diese Art vergingen die Tage in der Schweiz wie im Märchen. Abends legten sie ihre Isomatten aneinander, Rucksäcke und Taschen so drapiert, dass die Matten nachts nicht auseinanderglitten, und breiteten einen Schlafsack wie eine Decke über sich. Lara bestand darauf, dass sie mindestens eine Stunde am Tag Schwedisch sprachen. Sie redete über ihren Umzug an die Universität von Stockholm, als hätte sie die Entscheidung bereits getroffen, damit Jan nicht dachte, sie täte das nur seinetwegen. Sie plante, sich eine Studentenbude in Stockholm zu nehmen, denn sie hätte nicht vor, ihr Leben wie ein willenloses

Wollknäuel um einen zwanzig Jahre älteren Mann mit festem Einkommen zu wickeln. Lara ärgerte sich selbst, als sie sich beim Reden zuhörte: als ob sie sich wegen ihrer Partnerwahl verteidigen müsste. Überhaupt, welches Risiko ging sie denn schon ein? Wenn es mit Jan nicht funktionierte, was hätte sie zu bereuen? Dass sie in einer der schönsten Städte Europas studierte?

Jan fragte, ob Lara in Schweden nicht ihre Schwestern und ihre Mutter vermissen würde. Lara dachte den ganzen Tag über die Frage nach. Am Abend, als sie zu kochen begannen, hatte sie noch keine Antwort gefunden.

Jan hatte gerade den Benzinkocher angeworfen, da erreichte ihn eine grußlose Nachricht von Marina:

– *Der Psychologe rät ab, die Mädchen vor Gericht mit hineinzuziehen. Sie würden es nicht wegstecken. Ich: Ich habe eine dritte Tochter geboren! Er: Meine Wahl, ob –*

Hier brach die SMS ab. Jan vergewisserte sich, dass Lara mit der Zubereitung ihres gemeinsamen Abendessens beschäftigt war, und tauchte ins Zelt, um dort auf die Fortsetzung zu warten. Eine halbe Minute später brummte sein Smartphone erneut und er konnte den Satz zu Ende lesen:

– *ich will, dass die Mädchen gegen Paul aussagen.*

Eine Stunde später nutzte Jan einen Ausflug zu den Duschen am anderen Ende des Campingplatzes, um Marina zurückzurufen.

»Dieser Psychoheini macht es sich ganz schön leicht. Oder was schlägt er vor, wie du Stephanie schützen kannst?«

Am anderen Ende der Leitung hörte er Straßengeräusche und Vogelgezwitscher, als Marina aus der Haustür trat.

»Er meinte, da müsste ich wohl eine schwere Entscheidung treffen, aber ich hätte ja noch etliche Jahre Zeit, bis Stephanie in das Alter kommt. Nach seinen Gesprächen mit Lara und Marie hätte er jedenfalls nicht den Eindruck, als ob die Mädchen das aushalten würden. Den Druck. Er denkt, sie sind nicht in der Lage, ihren Vater des Missbrauchs zu bezichtigen, ohne dabei Schaden zu nehmen. Beide. Sogar bei Lara riet er davon ab.«

»Dann hat Lara mit ihm über Paul gesprochen? Hat sie ihm erzählt, was passiert ist?«

»Das wollte oder konnte er mir nicht verraten. Aber er scheint zu glauben, dass an den Anschuldigungen etwas dran ist. Er meinte außerdem, sollte Lara alleine gegen Paul aussagen, würde Marie Lara als Verräterin sehen. Du hast selbst erlebt, wie sie Nadine angegangen hat! Als ob sie Feindinnen wären. Spricht Lara mit dir über Marie?«

»Nicht wirklich. Sie haben sich mal gestritten, das hat sie mir erzählt, weshalb weiß ich nicht. Manchmal denke ich, Lara hat Angst vor Marie. Sie ist so defensiv ihr gegenüber.«

»Marie hat immer schärfere Waffen geschwungen als Lara. Und Lara hat schon als Kind alle Konflikte vermieden.«

Jan erinnerte sich: Lara war stets geflohen, wenn ein Streit hochkochte. Früher oder später war Marie dann wieder angekrochen gekommen, als wäre nichts gewesen, weil sie wusste, sie war zu weit gegangen.

»Marie hasst es, alleine zu sein.« Marinas Stimme wurde noch leiser. »Und dann stellt sie sich plötzlich wieder voll und ganz hinter Lara. Ich weiß nicht, ob das Unterstützung für Lara sein soll oder eine Front gegen mich, die sie jetzt grundsätzlich einnimmt. Aber der Psychologe hat recht: Wenn Lara offiziell gegen Paul aussagt, würde Marie sie hassen.«

»Sie waren sich immer nahe.«

»Bis jetzt.«

»Wie geht es Marie?«

»Eigentlich gut. Ich war die Woche über krank, deshalb

hat sie sich viel um Stephanie kümmern müssen. Irgendwie scheint ihr das gutzutun. Sie ist wirklich goldig mit der Kleinen. Fast zu gluckenhaft.«

»Was meinte der Psychologe dazu?«

»Ich habe ihn nicht gefragt. Ich habe mir einen privaten Therapeuten empfehlen lassen. Übrigens weiß Paul, dass ich bei einem Anwalt war.«

»Und?«

»Er hat sich auch einen genommen. Er war gestern hier, aber Marie ist die ganze Zeit um ihn herumgeflattert, daher konnten wir nicht in Ruhe sprechen. Es ist so seltsam: Wir können ganz vernünftig miteinander reden. Er hat sogar die Waschmaschine hinbekommen.«

Es kratzte kurz in der Leitung. Jan hörte Geräusche im Hintergrund, die Türe, Schritte, dann Maries durch eine Handfläche über der Muschel gedämpfte Stimme und das Klingeln des Windspiels im Eingangsbereich. Als sich Marina wieder meldete, klang ihr Tonfall verändert, sie sprach laut. »Wie läuft es bei euch?«

»Super, könnte nicht besser sein. Wir sind knackebraun und lassen es uns gutgehen. Das Wetter hält, und dein Töchterchen ist erstaunlich geschickt darin, Gutes aus dem Campingkocher zu zaubern.«

»Der Vorteil von Töchtern mit arbeitenden Müttern. Zumindest was die älteren Töchter anbelangt.«

»Haha!«, hörte Jan im Hintergrund Marie machen.

»Eines noch, Jan: Falls du Lara schwängern solltest, drehe ich dir den Hals um!«

»Mama!«

Jan begann, sich wieder für Marie zu erwärmen. Es rauschte ein weiteres Mal, kurzes Gezischel, dann war Marie am Telefon. »Lass dich von Mama nicht einschüchtern, Jan! Ich finde das cool mit euch.«

»Danke. Ich auch.«

»Ich …« Ein weiterer von Zischen begleiteter Telefonwechsel. Marina: »Bist du noch da, Jan?«

»Nein. Ich drehe gerade meine Hoden durch den Sterilisator.«

»Tut mir leid. Das würde ich auch zu jedem anderen ihrer Freunde sagen.«

»Nein, das würdest du nicht.« Er musste trotzdem lachen. Marina ebenfalls.

»Wann kommt ihr zurück?«

»Übermorgen, denke ich. Spätestens Freitag.«

An diesem Abend krochen Jan und Lara in ihr Zelt, ohne zu ahnen, welches Drama sich fünfhundertfünfzig Kilometer weiter nördlich abspielte. Erst am Morgen gegen zehn Uhr, als Lara ihr Handy einschaltete, stellten sie fest, dass Marina vier Versuche unternommen hatte, sie zu erreichen. Voller Vorahnungen riefen sie zurück. Es läutete elf Mal, bis Marina ans Telefon ging. Sie brauchte vierzehn Minuten, um ihnen von Marie zu erzählen.

Als Marina nach dem Telefonat mit Jan aufgelegt hatte, blieb Marie mit in die Hüften gestemmten Fäusten vor ihr stehen. »Ich würde im Boden versinken, wenn du so etwas zu meinem Freund sagen würdest!«

»Habe ich das denn schon jemals getan?«

»Nicht bei mir.«

»Eben. Außerdem wäre das auch schwierig anzubringen. Deine Typen verschwinden nach zwei Sekunden sofort wieder.«

»Haha, sehr komisch. Und selbst wenn, das macht es bei Jan noch lange nicht richtig.«

»Mit ihm ist etwas anderes.«

»Jan ist jetzt mit Lara zusammen, nicht mit dir! Denkst du nicht darüber nach, was Lara dabei empfindet?«

Marina ging von der Küche ins Wohnzimmer zum Sofa. Marie folgte ihr. Marina klopfte neben sich auf die Couch. Marie setzte sich, ein Bein unter ihrem Gesäß gefaltet, sodass sie auf dem eigenen Fuß zu sitzen kam. Ihr spitzes Gesicht unter den gestuften roten Haaren trug einen herausfordernden Ausdruck.

»Vielleicht hast du recht«, gab Marina zu, während sie ihr das Baby in die Arme legte. »Aber ich habe keine Lust, so zu tun, als wäre ich nicht selbst sieben Jahre mit Jan zusammen gewesen. Als wäre er ein normaler Freund für meine Tochter.«

»Ich meine ja auch nur, du könntest dich zurückhalten. Lara hat gesagt, sie findet es komisch, wie vertraut ihr beide miteinander umgeht. Als wärt ihr noch ein Paar.«

»Hat sie das wirklich gesagt?«

»Gleich am Samstag, als Jan angekommen ist.«

»Oh.«

»Willst du noch was von Jan?«

Marina musterte ihre Tochter. »Nein.«

Marie scharrte mit den nackten Zehenspitzen über den Teppichboden. »Was ist mit Papa? Ihr seid schon einmal nach einer Trennung zusammengekommen.«

Marina war von ihrem Wesen her eine Frau, die lieber die Dinge beim Namen nannte, anstatt Missverständnisse zu riskieren. Diesmal war sie so klug, weniger zu sagen. »Hast du den Eindruck, dein Vater und ich würden uns hassen?«

»Er hasst dich nicht. Papa hat kein einziges Mal schlecht über dich gesprochen. Niemals.«

Stephanie wurde unruhig. Marie veränderte ihren Griff.

»Sie hat Hunger«, sagte Marina und knöpfte die Bluse auf. Marie nickte, ohne sich zu rühren. Marina drängte sie nicht. Sie war froh, dass sie beide hier saßen, ohne zu streiten, gemeinsam.

Nach dem Eklat mit Nadine am Tag von Jan und Laras Abreise hatte sich Maries Verhalten verändert. Sie wusste, sie war zu weit gegangen, selbst wenn es nicht dazu gereicht hatte, sich bei Nadine zu entschuldigen. Das hatte Marina getan, vielmehr, sie hatte es vor, doch Petra, Nadines Mutter, hatte ihr ausgerichtet, Nadine hätte eine Grippe. Danach war Marina selbst krank geworden und so hatte sie nicht mehr mit Nadine gesprochen. Marie hatte ihre Mutter an den zwei Tagen, in denen diese bettlägerig war, vorbildlich versorgt, hatte sich um das Baby und den Haushalt gekümmert, sogar den Rasen gemäht. Vielleicht, so hatte Marina in den endlosen Stunden auf ihrem Kopfkissen gehofft, war der Eklat mit Nadine heilsam gewesen. Vielleicht hatte Marie eingesehen, dass sie es sich nicht leisten konnten, sich gegenseitig zu verletzen. Dieselbe Hoffnung spürte sie auch jetzt.

»Die Frisur steht dir gut«, sagte sie zärtlich und berührte Maries Haarspitzen. »Frech, sportlich, aber nicht ganz unelegant.«

Marie lächelte. Sie und ihre Mutter teilten selten einen Geschmack, was Kleider, Frisuren oder Make-up anging.

»Ich gehe heute ins Kino, in die Spätvorstellung«, kündigte sie an. »Ich habe da einen über ein Forum kennengelernt. Kann ich dein Auto nehmen?«

»Natürlich. Welchen Film wollt ihr sehen?«

»Wissen wir noch nicht.«

»Und du kennst ihn gar nicht?«

»Noch nicht.«

»Marie, wenn dir der Typ irgendwie komisch vorkommt, sei nicht nett, sondern verzieh dich rasch.«

Marie legte Stephanie auf die Couch und stand auf, ein Hinweis, dass sie keine Lust auf mütterliche Blind-Date-Ratschläge hatte. »Hast du eben eigentlich auch mit Lara gesprochen?«

»Hätte ich vielleicht noch, wenn nicht jemand wie ein rächender Engel dazwischengeplatzt wäre.«

»Dann schicke ich ihr später noch die Fotos von Stephanie in der Badewanne.«

»Da freut sie sich bestimmt.«

Es wurde ein friedlicher Abend: Nach dem Essen schauten sie sich gemeinsam eine Dokumentation an, während der Marina halb einschlief. Der Infekt wirkte nach, sie ging früh zu Bett. In der Zwischenzeit machte sich Marie zum Ausgehen bereit. Marina zog sich gerade ihr Nachthemd über den Kopf, da streckte sich Maries Schopf zur Schlafzimmertür herein.

»Mein Smartphone funktioniert nicht«, beschwerte sie sich.

»Ist der Akku leer?«

»Ja, und es lässt sich nicht aufladen. Dabei wollte ich Lara eine SMS schicken, dass ich ihr die Bilder in die Cloud hochgeladen habe, damit sie sie anschauen kann, sobald sie Internet hat. Und wer weiß, ob ich diesen Typen ohne Handy überhaupt finde.«

»Dann nimm meines und steck deine SIM-Karte in den zweiten Slot. Es liegt auf dem Tisch in der Diele.«

Marie verschwand. Marina kroch unter ihre Decke und knipste das Licht aus. Im Kinderbettchen neben ihrem Kopfende schlief Stephanie. Durch den Spalt am Rande des Vorhangs fiel der letzte Rest verklingenden Tageslichts. Erschöpft schloss Marina die Augen.

Leise Geräusche drangen aus dem Erdgeschoss an ihr Ohr, Marie, die sich in der Diele bewegte. Auf einmal schepperte es, Trampeln auf der Treppe. Dann stieß Marie die Schlafzimmertür mit solcher Gewalt auf, dass sie mit einem Schlag gegen den Türstopper dahinter prallte. Stephanie brüllte im selben Moment los, in dem Maries Faust den Lichtschalter traf. Die Plastikabdeckung des Schalters zersprang unter dem Schlag; die Lampe erwachte als greller Blitz zum Leben.

»Was soll das?«, schrie Marie außer sich, die Gesichtszüge zu einer Fratze verzerrt. Sie hielt Marinas Handy in der Rechten und schüttelte es wild. »›Ich will, dass die Mädchen gegen Paul aussagen‹?«

Marina schoss aus dem Bett. »Woher hast du das? Das ist nicht …«

»Das ist doch scheißegal!«

»Du verstehst das völlig falsch!«

»Falsch? Was gibt es denn daran falsch zu verstehen?« Marie hielt ihr das Display hin, als handle es sich um eine Granate mit scharfem Zünder. Sie weinte. »Wann wolltest du Lara und mir das sagen? Wie konntest du nur?«

Marina strampelte die Decke von sich und sprang auf. Sie griff nach Marie, aber diese entzog sich und schleuderte das Handy nach ihrer Mutter. Das Gerät sauste an Marinas Schulter vorbei, prallte gegen den Kleiderschrank und zersprang in seine Einzelteile.

»Wie kannst du so etwas nur tun?!« Gegen Maries Gebrüll verkümmerte Stephanies Protest zu einem Wimmern. Marina schob sich zwischen das Kinderbettchen und ihre erwachsene Tochter, aus Angst, Marie würde mit noch etwas um sich schmeißen.

»Marie, das war doch nicht –«

»Ich würde das niemals machen! Und Lara auch nicht! Du kannst uns nicht zwingen!«

»Marie, ich erwarte doch nicht, dass ihr lügt!«

»Du redest über Papa!«

»Aber …« Es gab kein Aber. Verzweifelt versuchte Marina, ihre Tochter dazu zu bewegen, ihr zuzuhören. »Marie, wenn ich einen anderen Weg sehen würde … Ich will euch nicht wehtun und ich würde euch nie zu irgendetwas zwingen!«

Marie scherte sich nicht um Marinas Erklärungsversuche. Ihre Hände streckten sich zu den Seiten, als ob sie die Worte durch ihre Gesten von sich stoßen könnte. »Du bist eine solche Heuchlerin!«, kreischte sie. »Du hast doch überhaupt keine Ahnung!«

»Wovon habe ich keine Ahnung?«

»Von Papa! Von uns! Du zerstörst alles!«

»Dann sag mir doch, ob es wahr ist!« Marinas Knie zitterten. Sie wollte das nicht, nicht diese Fragen stellen. »Lara und du und Papa: Was war da zwischen euch?«

»Nichts! Wie kannst du überhaupt so etwas denken?«

»Nadine –«

»Nadine ist eine Lügnerin!«

»Was ist mit Lara? Mit deiner Schwester? Sie sagte, es hätte Berührungen gegeben. Lügt sie also auch?«

Keine Antwort. Ein Nachtfalter flatterte an Marinas Gesicht vorbei und gegen die Zimmerlampe. Seine Flügel flappten laut in der Stille. Sogar Stephanie hatte inzwischen aufgehört zu schreien.

»Marie, bitte rede mit mir!«

»Das tue ich ja! Aber du hörst ja nicht zu! Du willst diesen ganzen Scheiß glauben! Damit du wieder die Gute bist, wenn du dich von Papa trennst! So ist es doch!« Maries Stimme steigerte sich erneut zu einem Crescendo machtlosen Zorns.

Marina trat einen flehenden Schritt auf sie zu. »Marie, das ist nicht wahr. Ich will euch nur schützen. Du bist erwachsen, du triffst deine eigenen Entscheidungen, du weißt, was richtig ist und was falsch. Aber was ist mit Stephanie? Denk an die Kleine!«

»Glaubst du wirklich, dass Papa SEX mit uns haben würde?« Marie schleuderte Marina das Tabuwort mit solcher Gewalt entgegen, dass Stephanie erneut zu schreien begann. In ihrer Ohnmacht schüttelte Marina bloß den Kopf.

»Du hast kein Recht dazu!« Marie hatte sich mit beiden Händen an den Bauch gefasst, wo ihre Bluse von zwei Schnüren gehalten wurde. Sie riss an dem billigen Stoff, knüllte ihn. Durch Wimperntusche gedrängte Tränen fielen auf den Boden und versanken in den Fasern des Teppichs. Unvermittelt sprang sie vor und stieß Marina vor die Brust, dann wirbelte sie herum und jagte davon.

Marina taumelte nach hinten. Ihre milchprallen Brüste schmerzten unter dem Schlag. Marie polterte die Treppe hinab. Heulend riss sie die Eingangstür auf und stürmte hinaus in die Dämmerung. Marina sprang zum Fenster, riss den Vorhang beiseite, sah ihre Tochter um die Ecke verschwinden. Aus dem Haus gegenüber starrte ein fasziniertes Gesicht zu ihr hinüber, zum O geöffnete Lippen unter einem weißen Haarkranz hinter großmütterlichen Gardinen. Marina zerrte den Vorhang wieder zu, dann ließ sie sich auf ihr Bett fallen. Es war nicht schwer, sich auszumalen, wo Marie Zuflucht suchen würde.

Marina wusste in diesem Moment nicht, dass Paul nicht da war, als Marie eine halbe Stunde später an dessen noch kaum möblierter Wohnung Sturm schellte. Dass die Tür sich nicht öffnete, nur das Fenster eines Nachbarn, der hinunterbrüllte, sie solle mit dem verdammten Schellen aufhören oder er würde die Polizei benachrichtigen.

Marina versuchte, Lara anzurufen, aber deren Handy war ausgeschaltet, ebenso Jans. Eine halbe Stunde lang tigerte sie durch das Haus, wartete am Fenster. Ihre Autoschlüssel fehlten, stellte sie fest, und das bereitete ihr noch mehr Sorge. Im Nachthemd und mit Babyfon lief sie auf die Straße. Niemand zeigte sich auf den Gehwegen, es war kurz nach elf. Zwei Häuser weiter stand ihr Golf, wo sie ihn mittags geparkt hatte.

Marina setzte sich auf die Platten des Zuwegs zu ihrem Haus, den Rücken gegen die Straßenlaterne gelehnt, und weinte lautlos, bis Licht in der Küche der Nachbarn anging und sie zurück in die Intimität ihrer eigenen vier Wände hastete. Sie machte sich einen Tee und verbrühte sich beim Eingießen den Daumen. Sie griff nach dem Telefon, wählte Pauls Nummer. Der Teilnehmer sei momentan nicht erreichbar, wurde ihr beschieden, aber sie könne eine Nachricht hinterlassen. Sie wartete, bis der Piepton ertönte, aber sowie sie auf das Band sprechen wollte, drang nichts aus ihrem Mund außer einem kehligen Atemzug.

Unermesslich erleichtert hörte Marina um Mitternacht einen Schlüssel in der Eingangstür. Sie selbst lag zu diesem Zeitpunkt im Bett, schlaflos trotz aller Müdigkeit, Stephanies weichen Körper auf ihrem Bauch, während sich die Angst um Marie mit Maulwurfklauen durch ihre Brust grub. Sie hatte die Tür zu ihrem Schlafzimmer nur angelehnt. Flach atmend, als ob sie einen Mörder erwartete, lauschte sie auf die Geräusche von Maries Heimkehr. Die Eingangstür schnappte zu, dann harmlose Küchengeräusche. Die Weckeruhr sprang auf halb eins. Schritte tappten die Treppe hinauf. Ein Schatten huschte am Türspalt vorbei, die Badtür schloss sich. Marina legte Stephanie zurück in ihr Bettchen. Sie selbst setzte sich auf die Bettkante, aber als Marie aus dem Bad kam, ging sie direkt in ihr Zimmer und schloss die Tür hinter sich. Dann nichts. Marina warf einen weiteren Blick auf den Wecker. Zehn Minuten vor eins. Sie ließ sich nach hinten fallen.

Um viertel nach eins war sie weiter vom Schlaf entfernt als die Stunden zuvor. Sie stand auf, verließ ihr Zimmer und blieb vor Maries Tür stehen. Licht schimmerte unter dem Türspalt am Boden hindurch. Sie hob eine Faust, um zu klopfen, erstarrte, und fragte sich, was sie sagen sollte. Auf nackten Sohlen schlich Marina die Treppe hinunter in die Küche und setzte Tee auf, Maries Lieblingsmischung mit frischer Minze zur Garnierung. Sie wartete acht Minuten, bis der Tee gezogen hatte, dann füllte sie Maries Donald-Duck-Morgentasse und trug sie die Treppe hinauf. Sie klopfte sachte an, bevor sie die Klinke nach unten drückte. Es war nicht abgesperrt. Langsam, wie in Zeitlupe, öffnete sich die mit einem Rosenposter beklebte Tür.

Marie saß auf dem Fußboden, im Schneidersitz. Sie hob den Kopf, als ihre Mutter in der Tür erschien. Maries Augen brannten inmitten des blassen Gesichts; ihr linker Arm war ausgestreckt, sodass die hellere Seite nach oben schaute. Der Unterarm war auf das von einem Handtuch bedeckte Knie gestützt. Drei kurze Schnitte zierten die Haut in der Mitte von Ellenbogen und Handgelenk. Blut rann den Arm entlang und tropfte auf das Handtuch. Ein Küchenmesser lag in ihrer rechten Faust.

Das erste, was Marina dachte war: Mit diesem Messer habe ich heute Kirschen geschnitten.

Heißer Tee spritzte nach allen Seiten und auf Marinas Fußrücken, als die Tasse aus ihren Händen rutschte, zu Boden fiel und auf dem Teppich zur Seite rollte, direkt vor Maries schwarz lackierte Fußnägel.

Marie langte mit der messerbewehrten Hand nach vorne und stellte die Tasse auf. Liebevoll strich ihr Daumen über Donald Ducks Keramikschnabel. Im nächsten Augenblick hob sie ihren geritzten Arm und streckte ihn ihrer Mutter entgegen.

»Soll ich es dir auch beibringen?«, fragte sie heiser.

Jan nahm für einen Moment den Blick von der Straße und schaute besorgt zu Lara auf dem Beifahrersitz. Sie hatte den Kopf zur Seite gedreht, starrte auf die vorbeirasende Landschaft zu ihrer Rechten. Er sah ihren Gesichtsausdruck nicht, aber ihre Hände krallten sich durch die

Jeans in das Fleisch darunter. Er fragte, ob sie eine Pause einlegen wolle, um etwas zu essen. Lara schüttelte den Kopf.

Sie hatten die Grenze hinter sich gelassen und jagten an LKW-Reihen vorbei über die deutsche Autobahn. Das Wetter entsprach ihrer Stimmung: grau, versetzt mit kurzen Regenschauern. Das Radio war ausgeschaltet, weshalb alle paar Sekunden das Quietschen der Scheibenwischer über ihre Nerven kratzte.

»Hast du wirklich gesagt, du findest es irritierend, wie Marina und ich miteinander umgehen?«, fragte Jan. Es war ein Thema, das ihn beschäftigte, seit Marina ihnen von ihrer Unterhaltung mit Marie vor dem Streit erzählt hatte. Womöglich war es unpassend, wo doch ein viel größeres Problem die Stille füllte, aber an dieses wagte Jan sich nicht heran. Vor allem jedoch wollte er Laras besorgniserregendes Schweigen durchbrechen.

Sie hob die Schulter bis zum Ohr. »Ihr beide habt mich einfach überrascht. Ich schätze, das war nicht, was ich erwartet hatte. Falls ich überhaupt eine Vorstellung hatte. Die meisten Leute reden nicht einmal mehr mit ihren Expartnern.«

»Lara, du musst da keine Angst haben.«

Sie probierte ein Lächeln. »Okay.«

Ihr Handy zwitscherte. Eine Sprachnachricht ihrer Mutter; offenbar hatte Marina ihr Telefon aus den Trümmern der Nacht wieder zusammengebaut. Sie und Marie waren zu Hause. Marie weigerte sich, in eine Klinik zu gehen oder zu einem Psychologen oder überhaupt irgendwohin. Sie weigerte sich ebenso, mit Marina über die letzte Nacht zu sprechen. Paul steckte, das hatte Marina von seinem Büro erfahren, in Barcelona und würde am Freitag zurückkehren. Sie hatte kein weiteres Mal versucht, ihn anzurufen. Ob Marie ihn kontaktiert hatte, wusste sie nicht.

Marie schien die meiste Zeit in ihrem Zimmer zu sitzen und sich in irgendwelchen Foren herumzutreiben.

Lara schrieb zurück, sie und Jan würden gegen halb sechs ankommen. Beinahe hätte sie einen weiteren Satz hinzugefügt:

– *Ist es dir ernst damit, Papa vor Gericht zu ziehen?*

Doch sie löschte ihn wieder, bevor sie sendete.

Lara drehte sich auf ihrem Sitz nach rechts, bis sie Jan halb den Rücken zuwandte. In dieser Haltung streifte ihre Stirn die Fensterscheibe. Die Tropfen auf dem Glas machten Wettrennen die Scheibe entlang. Früher hatte sie dieses Spiel gemocht, eine Wette zwischen ihr und Marie: Welcher Wassertropfen würde als erster unten ankommen? Würde er sich mit einem anderen Tropfen vereinigen und würde ihn das bremsen oder gar beschleunigen? Es musste Spaß machen, so ein Regentropfen zu sein, das Autofenster eine Rutsche, auf der unsichtbare Kräfte die Wassermoleküle festhielten.

Es gab ein uraltes Foto von Lara mit ihrem Vater bei einem Spielplatzbesuch: sie auf der Rutsche, gewaltig hoch für ihre zwei Jahre, ihr Vater, der sie festhielt, damit sie nicht die Haftung verlor und davonwirbelte, fort in den leeren Raum. Ein Moment gefangen in der Zeit, an den Lara sich nicht mehr erinnerte, nur an das Foto. Glückliche Kinder waren sie gewesen.

Sie sei sich nicht sicher, ob ihr Vater die Grenzen kenne, hatte Lara dem Psychologen erklärt. Ein seltsam klingender Satz, dabei hatte Lara ihn stundenlang geübt. Laut ausgesprochen, klangen die Worte noch fremder. Sie hatte nicht hinzugefügt, dass ihre Schwester diese Grenzen ebenfalls nicht erkennen konnte, nicht so zumindest, wie Lara sie sah, denn es war schon zu viel verraten. Was erlaubte ihr denn, das Innere ihrer Schwester in vermeintliche Erklärungen zu packen?

Es lag bei ihr, das hatte Lara gewusst, schon seit Monaten. Es lag bei ihr, mit ihrer Mutter zu sprechen. Sie hätte weniger ausweichen sollen. Verdrängung, Vermeidung – die Psychologen hatten gewiss bessere Worte dafür.

Sie überholten ein Auto, in dem sich eine Familie stritt. Der Vater am Steuer gestikulierte heftig, die Mutter hatte sich zu den Kindern auf dem Rücksitz umgewandt und versuchte, ein Mädchen zu beruhigen, das mit einem Stoffesel auf den Bruder einschlug. Der Vater nahm den Blick von der Straße und drehte sich ebenfalls zu seinen Sprösslingen um. Jan sah, was Lara sah, und trat auf das Gas, um schnell an dem Auto vorbeizuziehen. Die steigende Geschwindigkeit schlug sich auf der Scheibe im Sprint zweier paralleler Tropfen nieder. Der untere gewann.

Lara spürte Jans Berührung auf ihrem Handrücken. Er drückte ihre Finger.

»Ich bin froh, dass du da sein wirst«, flüsterte Lara.

Sie fuhren in eine Baustelle. Jan nahm den Fuß vom Gas und schaltete einen Gang niedriger. Die Konzentration auf den Verkehr brachte ihm einige Minuten Ablenkung. Wie Lara wälzte er im Geiste die Vorstellung, was passieren würde, wenn sie in Nürnberg ankamen. Marina schien auf Lara zu setzen, darauf zu hoffen, dass Lara einen Zugang zu Marie fand, der ihr selbst verschlossen blieb. Vor zehn Jahren, überlegte Jan, wäre das keine abwegige Überlegung gewesen, damals waren Lara und Marie wie Magneten: Entweder stießen sie sich ab oder sie zogen sich an und hielten einander fest. Dabei hatten beide Schwestern stets gewusst, wie sie gepolt waren, wo sich die andere gerade befand, innerlich wie äußerlich.

Mit neun Jahren war Marie einmal davongelaufen. Es hatte einen bescheuerten Auslöser gegeben: Marie hatte eine Serie im Fernsehen schauen wollen, die ihre Mutter ihr verboten hatte. Zeter und Mordio folgten, doch Marina hatte sich durchgesetzt. Daraufhin hatte Marie einen Koffer – einen Puppenkoffer der Sesamstraße mit Ernie und Bert und dem Krümelmonster auf dem Deckel – gepackt und tränenreich verkündet, dann würde sie eben davonlaufen. Es hatte sich nicht um die erste Ankündigung dieser Art gehandelt, insofern hatte es niemand ernstgenommen. Eine Stunde später war sie verschwunden gewesen. Lara hatte sich standhaft geweigert, irgendjemanden zu verraten, wo Marie steckte. Marina hatte erst gefleht, dann gedroht, schließlich die ultimative Waffe ausgepackt: »Marie könnte ja auch etwas passiert sein.«

Tränenüberströmt, hatte Lara die Lippen aufeinandergepresst und wild den Kopf geschüttelt. Jan hatte unterdessen Haus, Garten und Nachbarschaft auf den Kopf gestellt. Am Ende hatte Marina einen anderen Trick angewandt: Sie klingelte Paul in Shanghai aus dem Bett, hielt Lara den Hörer hin, und Paul erzählte Lara, Marie würde bestimmt zu ihm kommen wollen, aber sobald sie ohne Pass in China einträfe, würden die Chinesen sie einsperren. Lara hatte marschierende chinesische Soldaten im Fernsehen gesehen, seitdem fand sie das Land ausgesprochen unheimlich. Also hatte sie sich auf ihr Fahrrad geschwungen und war wie von einer Hummel gestochen losgeradelt. Eine halbe Stunde später war sie mit Marie samt Sesamstraßenkoffer im Schlepptau zurückgekehrt.

Wenn Jan so darüber nachdachte, hatte er mit jedem Mitglied der Familie Berckmann mehr Dramen erlebt als mit allen anderen Beziehungen zusammen. Selbst wenn einige Geschichten rasch dem Vergessen anheimgefallen waren, weil sie nicht nachklangen, das Gewicht von Kindern in die Waagschale der Erinnerungen warfen, anstelle der vom ewigen Echo begleiteten Schwere der Erwachsenen.

Er hatte sich nie machtloser gefühlt.

In Nürnberg regnete es; Donner grollte in der Ferne. Ein Sommergewitter war über die Stadt gezogen und verzog sich langsam nach Südosten. Blätter und Blüten in Gärten und Blumenkästen hingen schwer herab. In den Mulden an den Bordsteinkanten standen Pfützen, deren Wasser aufspritzte, sobald Jans Reifen sie zerschnitten. Hagel schmolz und sammelte sich zu kleinen Haufen, wo Wind und Wasser die Körner zusammentrieben. Ein Fahrradfahrer wechselte vor Jan von der Straße auf den Bürgersteig, um die Pfützen zu umschiffen. Mit tief geneigtem Kopf raste er den Gehweg entlang weiter.

Drei Minuten später parkte Jan vor Laras Haus. Lara schnallte sich ab, blieb jedoch sitzen. Ihre schlanken Finger fühlten sich kalt an. »Also dann«, sagte er.

Marina machte keinen Hehl aus ihrer Erleichterung, als sie die Tür öffnete und Lara in eine Umarmung zog. Sie hielt Jan die Wange für einen flüchtigen Kuss hin, bevor sie beide in Richtung Esszimmertisch scheuchte. Hier wartete ein Korb mit Brot und Brezeln, dazu Obazda, Käse, geschnittene Karotten, Gurken, Radieschen, Kohlrabi sowie eine Schale mit Guacamole. Ob Marie den Avocado-Dip gemacht hätte, wollte Lara wissen. Als ihre Mutter verneinte, schob sich Lara ein Gurkenstück in den Mund, ohne es in die Guacamole zu tauchen. Marina erkundigte sich nach ihrer Fahrt.

»Gut, nur ein kurzer Stau.« Jan angelte nach einer Brezel. Lara schenkte ihm und sich Apfelschorle ein und verschüttete dabei ein paar Tropfen. Sie zitterte. Marie?, formten ihre Lippen lautlos.

Marina deutete nach oben und zuckte hilflos mit den Achseln. Die Schlaflosigkeit der letzten Nacht zeichnete ihr Gesicht älter und erschöpft. Sie trug Stephanie in einem Tragetuch aus bordeauxfarbenem Stoff, ihre eigene Bluse wies ein paar halbherzig ausgewaschene Flecken auf. Lara spielte kurz mit Stephanies Fingerchen, doch der Kleinen waren die Ankömmlinge gleichgültig. Sie schloss die Augen und vergrub den Kopf zwischen den mütterlichen Brüsten. Lara wünschte sich, für sie wäre es genauso einfach.

»Ich kann mir einfach nicht vorstellen, dass Marie so etwas tut«, murmelte sie. *Sich ritzen.*

Jan dachte: Ich schon. Dabei wusste er nicht wirklich, zu welcher Art Frau Marie herangewachsen war. Es wunderte ihn nur, dass Lara noch immer solche Sätze von sich geben konnte. Er hätte erwartet, der Vorrat an zerborstenen Vorstellungen von dem, was sein sollte, wäre in dieser Familie aufgebraucht.

»Wow, das ging ja fix.« Marie hatte sich die Treppe hinabgeschlichen und tauchte unverhofft hinter ihnen auf. Wie ein Dieb, der nicht Gegenstände, sondern Worte stahl. »Mama muss euch beiden ja ganz schön Feuer unter dem Hintern gemacht haben.«

Sechs Augenpaare richteten sich auf Marie, als sie sich auf dem freien Stuhl zwischen Jan und Marina niederließ. Sie machte keine Anstalten, Jan und Lara zu begrüßen, sondern griff nach dem Brotkorb. »Reichst du mir die Butter?«

Jan schob ihr die Butterdose entgegen. Marie trug ein Oberteil aus Kunstfasern mit an den Handgelenken eingeschnittenen Ärmeln, die sich beim Greifen nach dem Brotkorb fast in die Guacamole hängten. »Was, kein Fleisch?«

Soweit Jan informiert war, hatte Marie vor einem Jahr die ganze Familie zu Vegetariern bekehrt.

Bevor Marie nach ihrem Messer griff, um die Butter auf dem Brot zu verstreichen, schob sie erst den rechten, dann den linken Ärmel zurück, aufreizend langsam. Lara und Jan konnten gar nicht anders: Sie starrten auf das breite Pflaster, das Maries Unterarm zu einem Drittel bedeckte.

»Euer Starren ist politisch unkorrekt«, bemerkte Marie mit flacher Stimme. »Bei Behinderten ignoriert man doch auch alles, was nicht zum eigenen seelischen Gleichgewicht passt.«

»Du bist aber nicht behindert.« Das war Lara. Verärgert.

»Oh, seelisch behindert natürlich. Ist man das nicht, wenn einen der eigene Vater missbraucht hat, Schwesterlein? Du musst das doch wissen. Frau kennt sich ja aus mit den Dingen, über die sie spricht, sollte man meinen.«

»Marie, was soll der Unsinn?«

»Halt du dich da raus, Jan! Das geht dich nichts an.« Und dann, wieder an Lara gewandt: »Ich finde, du solltest Politikerin werden. Die reden auch jeder nach seinem Programm auf der Basis von gar nichts. Oder wofür hat dich Mama herbeizitiert?«

»Marie, ich bitte dich, lass das!« Marina hatte ihren Stuhl zurückgeschoben, als ob sie mehr Entfernung zwischen sich und ihre mittlere Tochter bringen wollte. Laras Zittern ergriff derweil ihren gesamten Körper. Marie stach eine Karottenscheibe mit der Messerspitze an und pflückte sie mit den Lippen direkt von der Klinge.

»Vor einem Richter muss man schönreden können, nicht wahr?«, fuhr sie ungerührt fort. »Damit er einem glaubt. Gerade in Familiensachen, habe ich gehört. Da wird so viel überzogen und gelogen. Große, pathetische Worte, weil sich jeder für einen Hamlet hält. Drama, Baby, Drama.«

Lara sprang auf. Ihr Stuhl kippte nach hinten und knallte auf den Boden. »Was willst du eigentlich von mir?«, brüllte sie. »Lass deine verdammten Spielchen und sag mir, was du willst! Du bist nicht die einzige, um die es hier geht!«

»Das sagt die Richtige!« Marie schnellte ebenfalls in die Höhe. »Erzähl mir nichts vom Wichtigmachen! Ich bin sicher, Jan hat dich mit deiner kleinen Geschichte gleich viel interessanter gefunden, als du in Stockholm an seine Tür geklopft hast.«

Jan glaubte, den Moment zu sehen, in dem etwas in Lara unter Maries Gift zerbrach. Ihr Blick huschte von Marie zu ihrer Mutter, dann zu ihm. Sie schüttelte den Kopf, ein Krächzen drang aus ihrer Kehle. Sie schoss um den Tisch herum und in die Diele.

Marie war schneller. Mit einem Satz sprang sie auf die unterste Treppenstufe, blockierte Lara den Weg in den ersten Stock. Sie hatte diese Konfrontation geplant, schoss es Jan durch den Kopf, der sich mit Marina von seinem Stuhl erhob, beide langsam in ihrer Hilflosigkeit. Marie hatte niemals vorgehabt, zuzulassen, dass Lara in Ruhe mit ihr sprach, zu zielsicher, zu schnell und erbarmungslos war die Einleitung ihres Angriffes erfolgt.

»Na was ist, Schwesterchen?«, höhnte Marie in der Diele mit kippender Stimme. »Sollen wir beide ein Rollenspiel spielen? Wie früher? Damit du gut vorbereitet bist, wenn du gegen Papa aussagst? Darf ich der Richter sein, der dir die Fragen stellt? Komm, Lara, lass uns üben, damit am Ende alles so läuft, wie Mama es sich vorstellt.«

Marina schüttelte entgeistert den Kopf, von einer Seite zur anderen, immer wieder. Sie trat in den Durchgang zur Diele. Stephanie hob zu brüllen an. Jan drängte sich an Marina vorbei und hinter Lara, legte eine Hand auf ihren Rücken. Er spürte ihren Atemzug, ihr aufsteigendes Schluchzen.

Und dann, plötzlich, strafften sich ihre Muskeln unter seiner Berührung. Sie richtete sich auf. Eine Sekunde später tat Lara einen Schritt nach vorne, direkt auf Marie zu, und schüttelte Jans Berührung dabei ab.

»Das willst du also, Marie?«, frage sie, und ihre tonlose Stimme klang auf einmal fremd. »Du würdest uns alle zerstören, damit sich nichts ändert. Die Wahrheit zählt dir nichts, nicht wahr? Du wirst dir selbst dann noch die Hände über die Ohren schlagen, wenn in diesem Haus schon lange keine mehr mit einer anderen spricht.« Laras Augen brannten vor Tränen und einer Wut, wie Jan sie niemals zuvor bei ihr erlebt hatte. »Du fängst gerade erst an, nicht wahr, kleine Schwester? Und du wirst nicht aufhören, heute nicht, morgen nicht. Aber weißt du was? Es wird aufhören. Wenn du fort bist, wird es aufhören!« Den letzten Satz schrie Lara. Im selben Augenblick stieß sie Marie vor die Brust.

Marie taumelte, fiel auf die Stufen, ein Entsetzensschrei auf den Lippen. Vielleicht wäre sie die Treppe hinaufgelaufen, in ihr Zimmer, hätte Jan in diesem Moment eingegriffen, hätte er sich zwischen die Mädchen geschoben, allen Raum beherrscht wie ein Vater, der er nicht war. Dann wäre Marie nicht an Lara vorbeigesprungen, hätte nicht die Eingangstür aufgerissen und wäre ins Freie geschossen, als jage der Teufel hinter ihr her. Und hätte Jan Lara zurückgehalten, ihr befohlen, genug sei genug, dann wäre sie Marie nicht nach, mit einem einzigen Satz die Stufen auf einmal überwindend.

Draußen schmeckte die Luft nach Gewitter, nach nasser Erde und letzten Regentropfen. Wasser spritzte einen halben Meter hoch unter einem vorbeifahrenden Auto. Vögel zwitscherten um die Wette nach der Götterdämmerungsstille der letzten halben Stunde. Im Westen rissen die Wolken auf und ließen brennende Julistrahlen durch.

Maries Vorsprung vor Lara betrug die Länge des Wegs vom Hauseingang bis zum Gehsteig. Schluchzend, ohne zu schauen, rannte Marie vom Bürgersteig zwischen den Autos hindurch. Lara folgte ihr. Sie nahm nicht den Fahrradfahrer wahr, der auf dem Gehweg heranraste, darauf konzentriert, den Pfützen und Hagelhaufen auszuweichen, hörte nur das Quietschen der Bremsen, den warnenden Schrei, der sich mit ihrem eigenen mischte. Dann ein blauer Fahrradhelm, der gegen blonde Haare prallte, ein quer gestellter Rennradlenker. Die vom Regen dunkelgrauen Platten des Gehsteigs.

Maries abruptes atemloses Stillstehen.

Die Bahre des Krankenwagens schien zu groß für Lara, die weiße Decke ebenfalls, als ob sie dafür geschaffen wäre, den ganzen Körper von den Zehen bis zum Scheitel zu bedecken. Marina kletterte mit Stephanie hinter der Bahre in den Wagen; der Notarzt half ihr dabei. In der Zwischenzeit setzten sich Jan und Marie in Jans Volvo, um dem Krankenwagen zum Klinikum zu folgen. Wortlos.

Eine Traube Nachbarn hatte sich entlang des Gehsteigs versammelt. Ein Rettungsassistent kümmerte sich um die verletzte Schulter des Radfahrers, ehe dieser den Krankenwagen aus eigener Kraft bestieg. »Ich habe sie überhaupt nicht kommen sehen«, flüsterte er immer wieder, selbst dann, als die Polizei ihn befragte, später, im Krankenhaus.

Lara blieb bewusstlos, während man sie vom CT auf die Intensivstation schob. Eine Assistenzärztin erklärte Marina, Lara hätte einen gebrochenen Arm, zwei gebrochene Rippen und eine Schädelfraktur. Die Halswirbelsäule schien dagegen unverletzt. Man würde sie erst einmal auf Intensiv belassen. Ein Kollege würde ihnen gleich Genaueres mitteilen.

Jan, Marina und Marie warteten schweigend in der von hellen Farben dominierten Sterilität des Krankenhauses. Marie hatte nach der Hand ihrer Mutter gegriffen, die Stephanie im Tragetuch auf der Brust trug. Das Baby schien zu merken, dass es in Vergessenheit geraten war, und blieb vollkommen still. Marinas eigene Hand lag über Maries

Handrücken. Sie starrte vor sich hin, an einen unsichtbaren Punkt an der Wand unter einem Informationsblatt über Erste Hilfe. Jan hielt es auf seinem Stuhl nicht aus. Im Stehen lehnte er sich gegen die Wand am Ausgang des Warteraums.

Endlich kam der Arzt. Jung, gutaussehend, mit lockigen Haaren und grünen Augen. Er bat Marina in einen Besprechungsraum. Jan und Marie folgten ihnen ein kurzes Stück den Gang entlang, vorbei an leeren Betten.

Es war die Schädelfraktur, die Gefahr in sich berge, aber noch könne man nichts mit Sicherheit sagen. Sie hofften, dass Lara in den nächsten zwölf Stunden aufwachte, doch auch dann würden sie Lara zunächst auf Intensiv belassen. Das sei völlig normales Prozedere, deshalb müsse die Familie nicht vom Schlimmsten ausgehen. »Wenn Sie wollen, können Sie jetzt kurz zu ihr, Frau Berckmann«, schloss der Arzt.

Marina löste den Knoten des Tragetuchs und reichte Stephanie Jan. »Bleibt ihr hier?«

Jan nickte. Marie rührte sich nicht, beobachtete nur, wie Jan das Baby ungeschickt in den Arm nahm. Der Arzt wartete, da Marina zögerte. Sie berührte Marie am Arm, ängstlich eine Reaktion auf ihre Frage fordernd.

Marie schob das Kinn vor, fing den grünen Blick des Arztes ein, dann streckte sie die linke Hand aus. Sie strich sich den Ärmel hoch, genauso langsam, wie sie es kurz zuvor am Esstisch getan hatte. Diesmal entbehrte die Geste jeglicher Provokation. In derselben Bewegung riss sie sich, ohne mit der Wimper zu zucken, das Pflaster von der Haut. »Können Sie auch hiermit etwas machen?«

Der Arzt musterte sie. Schließlich nahm er Maries Handgelenk und drehte ihren Arm in das Licht einer Deckenlampe. Sein Griff ruhte nur Zentimeter von den Rändern der Schnitte entfernt.

»Wie alt bist du?«, fragte er.

»Neunzehn.«

»So richtig ernst gemeint war das wohl nicht.«

Marie senkte den Kopf. Ihre Unterlippe zitterte verdächtig, aber sie hielt sich aufrecht. »Ich bin nicht diejenige, die auf Ihrer Intensivstation liegt.«

Der Arzt ließ Maries Arm los. »Deine Schwester hat einen dicken Schädel. Komm mit, ich mache dir eine Salbe und ein neues Pflaster drauf.«

Jan blieb alleine zurück. Er ließ Stephanies warmes Gewicht tiefer in seine Armbeuge rutschen und wanderte mit ihr in Richtung Eingang der Notaufnahme. Ein kleiner Junge wurde mit einer Platzwunde an der Stirn von seinem mitgenommen aussehenden Vater hereingetragen. »Deine Mutter wird mich umbringen«, hörte Jan den Mann murmeln, woraufhin der Junge tapfer durch seine Tränen hindurch antwortete: »Wir müssen ihr ja nichts verraten! Ich werde kein Wort sagen, versprochen!«

Jan lächelte traurig und senkte den Blick auf die jüngste der Familie Berckmann in seinen Armen. Stephanie blinzelte ihn träge an.

»Du bist von Löwinnen umgeben, Kleine«, erklärte er ihr.

Stephanie gluckste.

3

»Ich finde, das war ein starker Auftritt von Marie im Krankenhaus. Das hätte ich nicht von ihr erwartet.«

»Ja. Vielleicht. Auf eine ziemlich verdrehte Art.« Marina seufzte. Durch das Telefon hindurch klang das Geräusch ein wenig künstlich. »Sie wird hierbleiben, wusstest du das?«

»In Nürnberg?«

»Ja. Sie möchte nicht mehr zurück nach England. Sie liebäugelt mit Bamberg als Studienort. Sie sagt, sie möchte zuhause wohnen bleiben und pendeln.«

»Was denkst du?«

»Vor einem Jahr wäre ich skeptisch gewesen, aber so wie die Dinge liegen, wäre ich froh. Mit Stephanie ist sie natürlich eine enorme Hilfe. Ich könnte dann mehr arbeiten. Abgesehen davon, dass die Kleine Marie selbst guttut.«

»Die Babyschwester-Therapie für die kleine Schwester?«

»So etwas in der Art.«

Jan betrachtete ein Bild von Lara auf dem Bildschirm seines Computers. Auf dem Foto hing sie mit dem Oberkörper über der Kante eines Ruderboots, tunkte ihre Handgelenke in das kühle Wasser des Comer Sees. Den Kopf hatte sie zu ihm in Richtung Kamera gewandt. Haarsträhnen fielen ihr ins Gesicht, dazwischen blitzten weiße Zähne in einem herzhaften Lachen. Ein paar Sommersprossen zierten den schmalen Nasenrücken. Sie sah auf dem Bild keinen Tag älter aus als die einundzwanzig, die sie war. Jan beschloss, sich das Bild auf sein Handy zu laden.

»Marie hat übrigens letzte Woche zum ersten Mal von sich aus das Wort Psychotherapeut erwähnt.«

»Tatsächlich?«

»Ja, aber deshalb rufe ich nicht an. Ich hatte gestern ein langes Gespräch mit Paul.«

»Und?«

»Er sagt, er würde alles tun, was ich von ihm verlange.« Jan schloss das Bild von Lara. »Das heißt was?«

»Kein Gerichtsverfahren. Wir regeln alles unter uns. Wie er Stephanie sehen darf, sobald sie in die Pubertät kommt.«

»Dann wird also keine Aussage nötig?«

»Hoffentlich nicht.«

»Glaubst du, dass es funktionieren wird? Dass er sein Wort hält?«

»Ja.« Marina schien kurz abgelenkt, ihre Stimme wurde leiser. Ein kurzes Krähen verkündete Jan den Grund. »Ja, ich denke schon. Das mit Lara – mit Marie und Lara – hat ihn ziemlich mitgenommen. Ehrlich gesagt, so fertig habe ich ihn noch nie erlebt.«

Jan fuhr den Computer herunter, während er wartete, bis sie weitersprach. »Paul hat außerdem erzählt, die Firma würde eine neue Abteilung in Shanghai aufbauen wollen. Seine Vorgesetzten meinen, wenn er sich darum bewerbe, könnte das seine Aufgabe werden. Langfristig. In China.«

Jan erhob sich und trat ans Fenster. Die Tage in Stockholm wurden kürzer, die Dämmerung hatte eingesetzt. »Denkst du manchmal, es ist gerecht, was … «

»Nein, Jan!« Er kannte sie gut genug, um die Warnung in ihrem Tonfall herauszulesen. Sie würde sich diese Last nicht aufbürden.

»Okay.«

Erneut schien Marina am anderen Ende der Leitung abgelenkt. Jan hörte eine zweite Stimme, ein kurzer Austausch. Dann: »Ich reiche dich weiter, Jan.«

»Hallo Jan!«

»Hej Marie!«

»Bei dir alles in Ordnung?«

»Soweit. Wie geht es dir?«

»Gut. Offiziell untergewichtig mittlerweile, aber darüber regt sich nur Oma auf. Sag mal, glaubst du, ich hätte bei dem Arzt im Klinikum Chancen? Dem mit den grünen Augen?«

Jan ging vom Arbeitszimmer in den Flur und kam auf dem Weg an seinem Garderobenspiegel vorbei. Täuschte er sich, oder war sein Haar jetzt doch mehr auf der Seite von Grau denn von Schwarz? »Der ist doch viel zu alt für dich, Marie.«

»Haha, sehr witzig! Vermisst du Lara wenigstens?«

»Natürlich.«

Acht Wochen später war Jan abermals in Deutschland. Er und Marina standen gegen seinen Volvo gelehnt nebeneinander, Schulter an Schulter. Er fand, sie brauchte ein bisschen Trost, schließlich hatte sie sich mittlerweile wieder an ein volles Haus gewöhnt, alle Mädchen in ihrer Nähe zu haben, und jetzt verlor sie erneut eines.

Marina fragte: »Also, wie lange, glaubst du, wird es halten? Zwischen dir und Lara?«

Auf der Treppe hatte Marie einen Koffer geöffnet, um nach Unterwäsche zu kramen, die dort fälschlicherweise ihren Weg hineingefunden haben sollte. Gerade angelte sie triumphierend zwei String-Tangas hervor und wedelte damit vor Laras Gesicht, die ihren heilenden Arm rieb und sich für ihr Versehen entschuldigte.

Jan ließ sich Zeit mit seiner Antwort. »Wer weiß das schon?«, erwiderte er schließlich, während sich Marie immer tiefer durch Unterwäsche wühlte. »Ist das denn relevant?«

»Ich bin ihre Mutter, Jan. Das ist etwas anderes als mit mir.«

Das brachte ihn zum Lachen. Auf der Treppe stopfte Lara unter dem kritischen Blick ihrer Schwester Slips, Socken und BHs zurück in den Koffer. Es war das letzte Gepäckstück, das eingeladen werden musste.

»Es dauert so lange, wie wir gut füreinander sind, Marina. Und ich glaube, Lara kann das sehr gut fühlen.«

»Ja«, sagte Marina, »das kann sie. Ich bezweifle nur, dass du meiner Tochter gewachsen bist.«

ENDE

Es sieht aus wie ein tödlicher Unfall im Eis Spitzbergens ...

Kristoffer Stolt starb während einer Wandertour einen einsamen Tod im fernen Spitzbergen. Die Polizei spricht von einem bedauernswerten Unfall. Doch seine Witwe Kirsten will nicht daran glauben, schließlich war ihr Mann ein erfahrener Alpinist. Als ihr Schwiegervater, Oberhaupt der Bankiersfamilie Stolt, zu seinem Geburtstag nach Spitzbergen einlädt, kehrt Kirsten zurück an den Ort des Geschehens. Und dort, in den eisigen Weiten, offenbart sich ihr eine Wahrheit, die ihre schlimmsten Vermutungen in den Schatten stellt ...

Ein Krimi, Thriller und Familiendrama vor dem gewaltigen Hintergrund Spitzbergens – für alle, die den Norden lieben.